Diogenes Taschenbuch 24087

Der Ire SHERIDAN LE FANU (1814–1873) gilt als »Virtuose des Grauens« (Kindlers Neues Literatur Lexikon). Seine Werke bestechen durch formale und stilistische Brillanz. Sein Interesse galt vor allem den Phänomenen des Unbewussten: Das Phantastische und Dämonische diente ihm als Möglichkeit, die biedere Welt des Viktorianischen Zeitalters zu demaskieren; einer Zeit dunkler Labyrinthe, in der Menschen verzweifelt umherirrten und aus der es kein Erwachen gab.

Sheridan Le Fanu

Carmilla, die Vampirin

Aus dem Englischen von Helmut Degner

Diogenes

Die Erzählung ›Carmilla‹ wurde dem 1929
bei Peter Davies, London, erschienenen Band
›In a Glass Darkly‹ entnommen
Die deutsche Erstausgabe erschien 1968
unter dem Titel ›Carmilla, der weibliche Vampir‹
im Diogenes Verlag
Covermotiv: Foto von Chorazin/fotolia (Ausschnitt)

Veröffentlicht als Diogenes Taschenbuch, 2011

Diogenes Verlag AG Zürich
info@diogenes.ch · www.diogenes.ch
In Fragen zur Produktsicherheit (GPSR):
truepages UG (haftungsbeschränkt)
Westermühlstraße 29, 80469 München
info@truepages.de
20/25/36/4
ISBN 978 3 257 24087 0

Inhalt

Ein unheimliches Vorzeichen

Unsere Familie besitzt, obgleich sie keineswegs zu den Reichen zählt, ein Schloss in der Steiermark. In jenem Teil der Welt kann man mit einem Einkommen, das die wohlhabenden Leute in England als überaus kärglich betrachten würden, auf sehr großem Fuß leben. Mein Vater ist Engländer, und ich trage, obwohl ich England nie gesehen habe, einen englischen Namen. Hier, an diesem einsamen, abgelegenen Ort könnte man mit noch so viel Geld kein komfortableres oder gar luxuriöseres Leben führen als wir.

Mein Vater, der im österreichischen Staatsdienst stand, trat mit einer Pension und seinem Erbteil in den Ruhestand und erwarb diesen feudalen Wohnsitz zu einem Spottpreis.

Ein idyllischeres Schloss kann man sich nicht vorstellen. Es steht mitten im Wald auf einer kleinen Anhöhe. Die Straße, sehr alt und schmal, führt an einer Zugbrücke, die zu meiner Zeit nie hochgezogen wurde, und an einem fischreichen Burggraben vorbei, auf dem zwischen weißen Wasserlilien stolze Schwäne schwimmen.

Darüber erhebt sich das Schloss mit seinen vielen Fenstern, seinen Türmen und seiner gotischen Kapelle.

Vor dem Tor weitet sich der Wald zu einer unregelmäßigen, sehr malerischen Lichtung, und zur Rechten führt eine steile gotische Brücke über einen kleinen Fluss, der sich durch den dunklen Wald schlängelt.

Wie ich schon sagte, es ist ein überaus einsamer Ort. Blickt man vom Eingangstor auf die Straße, so dehnt sich der Wald, in dem unser Schloss steht, fünfzehn Meilen nach rechts und zwölf Meilen nach links. Das nächste bewohnte Dorf befindet sich etwa sieben Meilen zur Linken, das nächste bewohnte Schloss, das des alten General Spielsdorf, fast zwanzig Meilen zur Rechten.

Ich sagte »das nächste *bewohnte* Dorf«, weil nur drei Meilen westwärts, also in der gleichen Richtung wie General Spielsdorfs Schloss, ein verlassenes Dorf mit einer alten kleinen, heute dachlosen Kirche liegt, in deren Seitenschiff sich die Grabstätten der stolzen, heute ausgestorbenen Familie Karnstein befinden, der einst das inzwischen verfallene Schloss gehörte, das oberhalb der öden Ruinen des Dorfes aus dem Wald aufragt.

Ich muss jetzt von den wenigen Bewohnern unseres Schlosses berichten. Die Familie bestand aus meinem alten Vater, dem gütigsten Menschen auf Erden, und mir, damals, zu der Zeit, da meine Geschichte spielt, erst neunzehn Jahre alt. Meine Mutter – sie stammte aus der Steiermark – starb, als ich noch ganz klein war, doch ich hatte eine Gouvernante, die mich seit meiner frühesten Kindheit betreute. Ich kann mich keiner Zeit entsinnen, da sich ihr rundes, gütiges Gesicht nicht mit meiner Erinnerung verbindet. Sie hieß Madame Perrodon und war aus Bern gebürtig, und mit ihrer Fürsorge und Gutherzigkeit ersetzte sie mir beinahe meine Mutter, an die ich mich nicht einmal erinnere, so früh habe ich sie verloren. Sie war das dritte Mitglied unserer kleinen Gesellschaft. Es gab noch ein viertes: Mademoiselle de Lafontaine, eine Art Hauslehrerin und Gesellschaftsdame. Sie sprach Französisch und Deutsch, Madame Perrodon Französisch und gebrochen Englisch, und mein Vater und ich bedienten uns, teils um uns seiner nicht zu entwöhnen, teils aus patriotischen Motiven, im täglichen Umgang des Englischen.

Der erste Vorfall in meinem Leben, der einen schrecklichen, bis heute nicht ausgelöschten Eindruck bei mir hinterließ, ereignete sich in meiner frühen Kindheit und bildet eine meiner ersten Erinnerungen. Manch einer wird ihn für gänzlich unbedeutend und nicht erwähnenswert halten. Doch man wird nach und nach erkennen, warum ich davon berichte.

Die Kinderstube war ein großer Raum im obersten Stockwerk des Schlosses mit einer spitzen Decke aus Eichenholz. Ich kann nicht älter als sechs Jahre gewesen sein, als ich eines Nachts erwachte und, mich von meinem Bett aus im Zimmer umblickend, das Kindermädchen nicht sah. Auch meine Amme war nicht da, und ich glaubte mich allein. Ich hatte keine Angst, denn ich war eines jener glücklichen Kinder, dem Geistergeschichten und Märchen zu erzählen man geflissentlich vermied, und so kannte ich jene Furcht nicht, die einen die Decke über den Kopf ziehen lässt, wenn plötzlich die Tür knarrt oder eine flackernde Kerze den tanzenden Schatten eines Bettpfostens auf die Wand wirft. Verärgert und beleidigt, weil man mich, wie ich glaubte, allein gelassen hatte, begann ich zu wimmern und wollte eben herzhaft losbrüllen, als ich zu meiner Überraschung ein ernstes, doch sehr hübsches Gesicht erblickte, das mich vom Bettrand her ansah. Es gehörte einer jungen Dame, die neben dem Bett kniete und ihre Hände unter meine Decke gesteckt hatte. Ich sah sie halb erfreut, halb staunend an und hörte zu wimmern auf. Sie streichelte mich mit ihren Händen, legte sich neben mich aufs Bett und zog mich lächelnd an sich; eine köstliche Müdigkeit befiel mich, und ich schlummerte wieder ein. Ein Gefühl, als ob mir zwei Nadeln tief in die Brust gebohrt würden, weckte mich, und ich schrie laut auf. Die Dame fuhr zurück und starrte mich aus großen Augen an, dann glitt sie auf den Fußboden und versteckte sich, wie es mir schien, unter dem Bett.

Ich bekam es nun doch mit der Angst und brüllte mit aller Kraft. Amme, Kindermädchen, Haushälterin – alle kamen hereingestürzt und bemühten sich, mir die Geschichte, die ich ihnen erzählte, auszureden und mich zu beruhigen. Doch so klein ich war, bemerkte ich doch, dass ihre Gesichter blass und merkwürdig furchtsam waren, und ich sah, wie sie sich im Zimmer umblickten, unter das Bett und unter die Tische schauten und Schränke aufrissen, und die Haushälterin flüsterte der Amme zu: »Legen Sie die Hand auf diese Mulde im Bett; es muss wirklich jemand dort gelegen haben, die Stelle ist noch warm.«

Das Kindermädchen drückte mich an sich, und die drei untersuchten meine Brust, wo ich die Stiche gespürt haben wollte, und versicherten mir, dass nichts zu sehen sei, was darauf schließen ließ, dass etwas Derartiges wirklich geschehen war.

Ich war nach diesem Vorfall lange Zeit sehr nervös. Ein Arzt wurde geholt, ein bleicher, älterer Mann. Wie gut erinnere ich mich an sein langes düsteres, mit Pockennarben bedecktes Gesicht und an seine kastanienbraune Perücke. Eine Weile kam er jeden zweiten Tag und gab mir eine Arznei, die überaus scheußlich schmeckte.

Am Morgen nach dieser Erscheinung war ich völlig verängstigt und wollte keinen Augenblick allein gelassen werden.

Ich weiß noch, wie mein Vater zu mir heraufkam, an mein Bett trat und fröhlich mit mir plauderte, wie er der Amme eine Reihe von Fragen stellte und über eine ihrer Antworten herzlich lachte; wie er mir auf die Schulter klopfte, mich küsste und mir sagte, ich solle keine Angst haben, es sei nur ein Traum gewesen, und mir könne nichts geschehen.

Doch ich wollte mich nicht beruhigen, denn ich wusste, der Besuch der fremden Frau war *kein* Traum gewesen, und ich hatte *schreckliche* Angst.

Ein wenig ließ ich mich durch die Versicherung des Kindermädchens beschwichtigen, dass sie es gewesen sei, die heraufgekommen sei und nach mir geschaut und sich dann zu mir ins Bett gelegt habe, und dass ich halb geschlafen haben müsse und deshalb wohl ihr Gesicht nicht erkannt hätte. Doch auch dies nahm mir, obwohl die Amme es bestätigte, nicht völlig meine Furcht.

Ich erinnere mich, dass später an jenem Tag ein ehrwürdiger alter Mann in einer schwarzen Soutane mit der Amme und der Haushälterin in mein Zimmer kam und mit ihnen sprach; er war sehr freundlich zu mir, sein Gesicht war gütig und sanft, und er sagte mir, dass sie beten würden, und er legte meine Hände zusammen und sagte, ich solle, während sie beteten, leise sagen: »Herr, erhöre um Jesu willen all unsere guten Gebete.« Ich weiß, genau dies waren seine Worte, denn ich habe sie oft wiederholt, und meine Amme ließ sie mich viele Jahre lang sagen, wenn sie mit mir betete.

Ich sehe noch heute das nachdenkliche, gütige Gesicht des weißhaarigen alten Mannes in der schwarzen Soutane vor mir, das einfache, hohe braune Zimmer mit seinen dreihundert Jahre alten plumpen Möbeln, den schwachen Lichtschein, der durch das kleine Gitterfenster in den düsteren Raum drang. Er kniete nieder, die drei Frauen taten es ihm nach, und dann betete er mit feierlicher, bebender Stimme – endlos lange, wie es mir schien. Mein ganzes Leben vor diesem Ereignis habe ich vergessen, und auch die Zeit danach; doch die Szenen, die ich soeben geschildert habe, ragen wie klare, deutliche Bilder aus dem Dunkel hervor.

Ein Gast

Ich will jetzt etwas erzählen, das so seltsam ist, dass man es mir nur glauben wird, wenn man volles Vertrauen in meine Wahrheitsliebe setzt. Doch ich gebe mein Wort darauf: Es ist wirklich so gewesen, ich selbst habe es erlebt.

Es war ein warmer Sommerabend, und mein Vater bat mich, wie er dies öfter tat, mit ihm einen kleinen Spaziergang über die Lichtung vor dem Schloss zu machen.

»General Spielsdorf wird uns leider nicht so bald besuchen können, wie ich hoffte«, sagte mein Vater, während wir dahinschlenderten.

Er hatte am nächsten Tag kommen und einige Wochen bei uns verbringen wollen. Er hatte die Absicht gehabt, eine junge Dame mitzubringen, Mademoiselle Rheinfeldt, seine Nichte, die ich noch nicht kannte. Man hatte mir jedoch erzählt, sie sei ein bezauberndes Mädchen, und ich hatte mich schon sehr auf ihre Gesellschaft gefreut.

»Wann wird er denn kommen?«, fragte ich.

»Nicht vor dem Herbst. Ich fürchte, wohl kaum vor zwei Monaten«, erwiderte mein Vater. »Ich bin jetzt sehr froh, meine Liebe, dass du Mademoiselle Rheinfeldt nie kennengelernt hast.«

»Warum denn?«, fragte ich erstaunt.

»Weil die arme junge Dame gestorben ist«, antwortete er. »Ich vergaß ganz, dass ich es dir noch nicht gesagt habe, doch du warst nicht im Zimmer, als ich heute Abend den Brief des Generals bekam.«

Wir setzten uns unter einer Gruppe herrlicher Linden auf eine roh gezimmerte Bank. Hinter dem waldigen Horizont ging mit melancholischer Pracht die Sonne unter, und in dem leise dahinplätschernden Fluss zu unseren Füßen spiegelte sich das verblassende Rot des Himmels. General Spielsdorfs Brief war so merkwürdig, so leidenschaftlich und stellenweise so widersprüchlich, dass ich mir, nachdem ich ihn zweimal studiert – und beim zweiten Mal laut meinem Vater vorgelesen – hatte, noch immer keinen Reim darauf machen konnte, außer dass offenbar der Schmerz seine Sinne verwirrt hatte. Er lautete:

Ich habe meine geliebte Tochter verloren, denn als solche habe ich sie betrachtet. Während der letzten Tage von Berthas Krankheit war ich nicht fähig, Dir zu schreiben. Zuvor hatte ich keine

Ahnung von der Gefahr, in der sie schwebte. Nun erst, da ich sie verloren habe, erfahre ich alles – *zu spät. Sie starb friedlich im Stande der Unschuld und in der köstlichen Hoffnung auf ein besseres Jenseits. Die Schurkin, die unsere törichte Gastfreundschaft missbrauchte, ist schuld an allem. Ich dachte, Unschuld, Fröhlichkeit, eine amüsante Gefährtin für meine arme Bertha in mein Haus einzulassen. Himmel!, was für ein Narr bin ich gewesen! Ich danke Gott, dass mein Kind starb, ohne die Ursache ihrer Leiden zu ahnen. Sie ist dahingegangen ohne die leiseste Vermutung über die Natur ihrer Krankheit und die fluchwürdige Passion der Urheberin all dieses Leids. Ich werde meine restlichen Tage der Aufspürung und Vernichtung eines Monstrums weihen. Wie man mir sagt, darf ich hoffen, mein gerechtes und wohltätiges Werk zu vollbringen. Gegenwärtig erhellt kaum ein Lichtschimmer meinen Weg, und ich weiß noch nicht, wohin ich mich wenden soll. Ich verfluche meine eitle Ungläubigkeit, meine Blindheit, meinen Eigensinn – doch – ach – zu spät. Ich bringe jetzt nicht die innere Sammlung für einen Brief auf. Ich bin völlig zerrüttet. Sobald ich mich ein wenig erholt habe, werde ich mich einige Zeit meinen Nachforschungen widmen, die mich möglicherweise bis nach Wien führen werden. Irgendwann im Herbst, also in zwei Monaten, oder auch früher, wenn es Gott will, werde ich Dich besuchen – das heißt, wenn es Dir recht ist; dann werde ich Dir all das erzählen, was ich jetzt nicht zu Papier zu bringen wage. Leb wohl. Bete für mich, lieber Freund.*

Die Sonne war indessen untergegangen, und es war schon halb dunkel, als ich meinem Vater den Brief des Generals zurückgab.

Der Abend war mild und klar, und wir gingen langsam zurück und diskutierten dabei über den Sinn der wirren, erregten Sätze, die ich soeben gelesen hatte. Bis zu der Straße, die am Schloss vorbeiführt, war es fast eine Meile, und als wir sie erreichten, strahlte schon der Mond am Himmel. An der Zugbrücke trafen wir Madame Perrodon und Mademoiselle de Lafontaine, die herausgekommen waren, die herrliche Mondnacht zu genießen.

Schon von weitem hörten wir ihr angeregtes Geplauder. Wir traten zu ihnen an die Zugbrücke und wandten uns um, mit ihnen die schöne Aussicht zu bewundern.

Die Lichtung, über die wir soeben geschritten waren, lag vor uns. Zur Linken wand sich die schmale Straße zwischen dichten, hohen Bäumen hindurch und verschwand im dunklen Wald. Zur Rechten kreuzte die nämliche Straße die steile, malerische Brücke, neben der ein verfallener Turm stand, der einst zur Bewachung dieses Überganges diente; und jenseits der Brücke ragte jäh eine Anhöhe auf, bestanden mit Bäumen, in deren Schatten einige graue, efeuüberwucherte Felsen schimmerten.

Die Phantasie könnte kein sanfteres, lieblicheres Bild ersinnen. Die Neuigkeiten, die ich just erfahren hatte, ließen es melancholisch erscheinen; doch nichts trübte die tiefe Friedlichkeit, den düsteren Zauber dieses Anblicks.

Mein Vater und ich genossen ihn schweigend, während die beiden guten Gouvernanten, welche ein Stück hinter uns standen, ihrer Begeisterung über die nächtliche, in Mondlicht getauchte Landschaft laut Ausdruck verliehen.

Madame Perrodon, eine beleibte Dame mittleren Alters mit einem Hang zum Romantischen, sprach und seufzte poetisch. Mademoiselle de Lafontaine, die von ihrem Vater, einem Deutschen, eine Neigung zur Psychologie, zur Metaphysik, ja zur Mystik geerbt hatte, erklärte, dass bekanntlich der Mond, wenn er so stark leuchte, seltsame spirituelle Wirkungen ausstrahle. Er beeinflusse die Träume, rufe Mondsüchtigkeit hervor, mache die

Menschen nervös und wirke auf wundersame Weise auf das ganze Leben ein.

»Ich habe heute Abend eine meiner trübsinnigen Anwandlungen«, sagte mein Vater nach langem Schweigen, und Shakespeare zitierend, den er, um sein Englisch zu pflegen, gerne laut las, fügte er hinzu:

»In truth I know not why I am so sad:
It wearies me; you say it wearies you;
But how I got it – came by it.

Den Rest habe ich vergessen. Doch mir ist, als ob irgendein großes Verhängnis über uns schwebte. Vermutlich hat der Brief des armen Generals damit zu tun.«

Im gleichen Moment erregte das ungewohnte Geräusch von Wagenrädern und das Trappeln von Hufen auf der Straße unsere Aufmerksamkeit.

Es schien von der Anhöhe über der Brücke zu kommen, und bald tauchte dort tatsächlich eine Equipage auf. Zuerst überquerten zwei Reiter die Brücke, dann folgte eine von vier Pferden gezogene Kutsche, und zwei Männer ritten hintennach.

Es schien die Reisekutsche einer hochgestellten Person zu sein, und wir betrachteten gebannt das merkwürdige Schauspiel. Es wurde nach wenigen Augenblicken noch viel interessanter, denn als die

Kutsche den höchsten Punkt der Brücke erreichte, scheute das eine Leitpferd, steckte mit seiner Angst die übrigen an, und nachdem die Pferde sich ein- oder zweimal aufgebäumt hatten, verfiel das ganze Gespann in wilden Galopp, raste zwischen den Vorreitern hindurch und preschte donnernd mit der Schnelligkeit eines Orkans über die Straße auf uns zu.

Vergrößert wurde die Aufregung noch durch die lauten, langgezogenen Schreie einer Frauenstimme, die aus dem Kutschenfenster drangen.

Voll Neugier und Entsetzen sprangen wir alle vor; mein Vater schweigend, wir Übrigen mit Schreckensrufen.

Die Spannung, was geschehen würde, dauerte nicht lange. Kurz vor der Zugbrücke, auf der Seite, von der sie kamen, steht neben der Straße ein herrlicher Lindenbaum und ihm gegenüber ein uraltes Steinkreuz, dem die Pferde, die jetzt mit einer schrecklichen Geschwindigkeit daherjagten, auswichen, so dass die Räder der Kutsche auf die aus dem Boden ragenden Wurzeln des Baumes zurollten.

Ich wusste, was bevorstand. Unfähig, es mit anzusehen, bedeckte ich die Augen mit der Hand und wandte den Kopf ab; und im gleichen Augenblick hörte ich, wie unsere beiden Hausdamen, die ein

Stück weitergegangen waren, aufschrien. Neugier zwang mir die Augen auf, und ich sah ein Bild äußerster Verwirrung. Zwei der Pferde lagen auf dem Boden, die Kutsche war umgekippt, und zwei Räder ragten in die Luft; die Männer mühten sich, die Zügel zu entwirren, und eine Dame von imponierendem Äußeren, die ausgestiegen war, stand da und rang die Hände und führte immer wieder ein Taschentuch, das sie darin hielt, an die Augen. Aus der Kutsche wurde soeben eine anscheinend leblose junge Dame gehoben. Mein guter alter Vater stand bereits, seinen Hut in der Hand, neben der älteren Dame und trug ihr offenbar seine Hilfe an.

Ich trat hinzu; die junge Dame schien ohnmächtig, war aber ganz gewiss nicht tot. Mein Vater, der sich viel auf seine medizinischen Kenntnisse zugute tat, umschloss mit seinen Fingern ihr Handgelenk und versicherte der Dame, die sich als Mutter der jüngeren zu erkennen gab, dass der Puls zwar schwach und unregelmäßig, doch deutlich zu spüren sei. Die Dame blickte, wie überwältigt von Dankbarkeit, händeringend zum Himmel auf; doch plötzlich brach sie wieder auf jene theatralische Art, die manchen Menschen wohl angeboren ist, in Gejammer aus.

Sie war für ihr Alter eine überaus stattliche Frau und musste einmal sehr hübsch gewesen sein; sie war groß, aber nicht mager, und trug ein schwarzes Samtkleid, und ihr erregtes, doch gleichwohl stolzes und strenges Gesicht war ziemlich blass.

»Welch unseliges Missgeschick!«, hörte ich sie verzweifelt sagen, als ich mich näherte. »Bei der Angelegenheit, deretwegen wir unterwegs sind, geht es um Leben und Tod, und eine Stunde zu verlieren, könnte heißen, alles zu verlieren. Niemand kann sagen, wann mein Kind sich hinreichend erholt haben wird, um die Reise fortsetzen zu können. Ich muss sie zurücklassen; die Sache duldet keinen Aufschub. Wie weit von hier, mein Herr, liegt das nächste Dorf? Ich muss sie dort unterbringen und werde bis zu meiner Rückkehr in drei Monaten meinen Liebling nicht sehen noch von ihm hören.«

Ich zupfte meinen Vater am Rock und flüsterte ihm aufgeregt ins Ohr: »Oh! Papa! Bitte frage sie doch, ob sie sie nicht bei uns lassen will – ich würde mich so freuen. Bitte, Papa.«

»Wenn Madame ihr Kind der Obhut meiner Tochter und ihrer guten Gouvernante, Madame Perrodon, anvertrauen und ihr gestatten würde, bis zu ihrer Rückkehr unser Gast zu sein, so wäre uns dies eine hohe Auszeichnung, und wir würden sie mit aller nur denkbaren Fürsorge umhegen.«

»Unmöglich, mein Herr, das hieße Eure Güte

und Ritterlichkeit allzu sehr in Anspruch nehmen!«, erwiderte die Dame verzagt.

»Ganz im Gegenteil, wir würden es als große Gefälligkeit Ihrerseits betrachten, an der uns sehr viel läge. Meine Tochter erfuhr soeben zu ihrem großen Leidwesen vom Ausbleiben eines Besuches, den sie schon seit langem voll Ungeduld und Freude erwartete. Wenn Sie uns diese junge Dame anvertrauen wollten, so wäre dies der schönste Trost für sie. Das nächste Dorf auf Ihrem Weg ist viel zu weit entfernt und besitzt kein Gasthaus, das den Ansprüchen Ihrer Tochter genügen würde; eine Fortsetzung der Reise würde sie überdies in größte Gefahr bringen. Wenn es Ihnen, wie Sie sagen, nicht möglich ist, Ihre Reise aufzuschieben, so müssen Sie sich von Ihrer Tochter trennen, und ich versichere Ihnen, man wird ihr nirgendwo bessere Obhut und Fürsorge bieten als hier.«

Man hatte die Kutsche indessen aufgerichtet und die Pferde, die sich recht gefügig zeigten, wieder angespannt.

Die Dame warf ihrer Tochter einen Blick zu, der mir nicht ganz so liebevoll erschien, wie ich ihn nach dem bisher Geschehenen erwartet hätte; dann winkte sie meinen Vater beiseite, zog sich mit ihm einige Schritte außer Hörweite zurück und sprach mit strenger, finsterer Miene, die sich gänzlich von jener unterschied, die sie zuvor gezeigt hatte, auf ihn ein.

Nach zwei oder drei Minuten wandte sie sich ab und ging zu der Stelle, wo ihre Tochter, gestützt von Madame Perrodon, am Boden lag. Sie kniete kurz neben ihr nieder und flüsterte ihr, wie es Madame schien, einen kleinen Segensspruch ins Ohr; dann küsste sie sie hastig, stieg in ihren Wagen, die Tür wurde geschlossen, die Lakaien in ihren prächtigen Livreen sprangen hinten auf, die Vorreiter sprengten los, der Kutscher knallte mit der Peitsche, die Pferde setzten sich in Bewegung und verfielen sogleich in einen wilden Kanter, der bald wieder in einen Galopp auszuarten drohte, und die Kutsche raste, gefolgt von den beiden Reitern, welche die Nachhut bildeten, davon.

Wir tauschen Ansichten aus

Wir folgten ihr mit unseren Blicken, bis sie im nebelverhüllten Wald verschwand; und bald war auch das Geräusch der Räder und Hufe in der stillen Nacht verklungen.

Nichts blieb uns zum Beweis dafür zurück, dass alles nicht nur eine flüchtige Sinnestäuschung gewesen war, bis auf die junge Dame, die eben ihre Augen aufschlug. Ich konnte es nicht sehen, denn ihr Gesicht war mir abgewandt, doch sie hob den Kopf, blickte offenbar um sich, und ich hörte eine zarte, süße Stimme klagend fragen: »Wo ist Mama?«

Madame beantwortete all ihre Fragen, soweit sie sie verstand; und allmählich erinnerte sich die junge Dame, wie es zu dem Unglück gekommen war, und war froh zu hören, dass niemand dabei Schaden genommen hatte; und als sie erfuhr, dass ihre Mama sie bis zu ihrer Wiederkehr in drei Monaten hier zurückgelassen hatte, weinte sie.

Mein Vater hatte indessen einen Diener zu

Pferde nach dem Arzt geschickt, der sechs Meilen weit weg wohnte, und befohlen, ein Zimmer für die junge Dame herzurichten.

Die Fremde erhob sich jetzt, ging langsam, auf Madames Arm gestützt, über die Zugbrücke und trat ins Schloss.

In der Halle erwarteten sie die Dienstboten und geleiteten sie zu ihrem Zimmer.

Der Salon, in dem wir meistens saßen, ist ein langer Raum mit vier Fenstern, aus denen man über die Zugbrücke und den Wassergraben auf die bewaldete Landschaft blickt, die ich eben beschrieben habe. Er ist mit alten geschnitzten Möbeln und Schränken aus Eichenholz eingerichtet, und die Sessel sind mit rotem Utrechter Samt bezogen. Die Wände bedecken Gobelins und große goldgerahmte Gemälde mit lebensgroßen Gestalten in alter, sehr seltsamer Kleidung, die Jagd- und Festszenen darstellen.

Hier saßen wir auch an jenem Abend bei Kerzenlicht und sprachen über den merkwürdigen Vorfall.

Madame Perrodon und Mademoiselle de Lafontaine leisteten meinem Vater und mir Gesellschaft. Die junge Fremde war, kaum dass sie sich zu Bett begeben hatte, in tiefen Schlaf gesunken, und die beiden Damen hatten sie der Obhut einer Zofe anvertraut.

»Wie gefällt Ihnen unser Gast?«, fragte ich Madame, als sie eintrat. »Erzählen Sie mir von ihr.«

»Ich finde sie ganz reizend«, erwiderte Madame, »sie ist das hübscheste Geschöpf, das ich je sah; etwa in Ihrem Alter, und sehr lieb und nett.«

»Haben Sie, nachdem man die Kutsche wieder aufgerichtet hatte, die Frau darin gesehen?«, fragte Mademoiselle. »Sie stieg nicht aus, sondern blickte nur aus dem Fenster.«

Nein, wir hatten sie nicht gesehen.

Sie schilderte sie als eine abscheuliche schwarze Frau mit einer Art farbigem Turban auf dem Kopf, welche die ganze Zeit aus dem Wagenfenster geglotzt und den Damen zugenickt und sie spöttisch angegrinst hätte, mit funkelnden Augen und großen weißen Augäpfeln und wütend gefletschten Zähnen.

»Haben Sie bemerkt, welch übles Pack die Diener waren?«, fragte Madame.

»Ja«, sagte mein Vater, der eben hereinkam, »die widerlichsten Galgenstricke, die ich je gesehen habe. Hoffentlich rauben sie die arme Dame nicht im Wald aus. Es schienen jedoch anstellige Burschen zu sein; sie hatten in einer Minute wieder alles in Ordnung gebracht.«

»Sie schienen sehr erschöpft, als hätten sie eine weite Reise hinter sich«, sagte Madame. »Ihre Gesichter waren so seltsam mager und dunkel und düster. Ich muss gestehen, ich bin überaus neugierig; doch sicherlich wird die junge Dame uns morgen, wenn sie sich erholt hat, alles erzählen.«

»Das glaube ich nicht«, sagte mein Vater mit geheimnisvollem Lächeln und leisem Nicken, als wüsste er mehr über das Ganze, als er uns sagen wollte.

Ich konnte es kaum erwarten zu erfahren, was die Dame in dem schwarzen Samtkleid ihm während des kurzen, doch eifrigen Gespräches vor ihrem Aufbruch gesagt hatte.

Sowie wir allein waren, bat ich ihn, es mir zu sagen. Ich brauchte ihn nicht lange zu drängen.

»Es gibt keinen Grund, warum ich es dir nicht erzählen sollte. Sie drückte die Befürchtung aus, die Pflege ihrer Tochter könnte uns allzu viel Mühe bereiten; sie sei von zarter Konstitution und recht nervös, doch nicht etwa – das betonte sie – von irgendwelchen Anfällen oder Halluzinationen geplagt, sondern geistig völlig gesund.«

»Wie merkwürdig, so etwas zu erwähnen!«, warf ich ein. »Wie völlig überflüssig!«

»Jedenfalls hat sie's gesagt«, lachte er, »und da du alles zu erfahren wünschst, was wir sprachen –

es war, nebenbei, sehr wenig –, erzähle ich es dir. Sie sagte weiter: ›Ich mache eine weite Reise in einer überaus wichtigen Sache, dringend und geheim; ich werde mein Kind in drei Monaten holen; sie wird bis dahin darüber schweigen, wer wir sind, woher wir kommen und wohin wir reisen.‹ Das war alles, was sie sagte. Sie sprach ein sehr reines Französisch. Nach dem Wort ›geheim‹ schwieg sie ein paar Sekunden und starrte mich mit ernster Miene an. Sie scheint darauf größten Wert zu legen. Wie schnell sie verschwand, hast du ja gesehen. Ich hoffe nur, es war nicht töricht von uns, die junge Dame aufzunehmen.«

Der Arzt erschien erst gegen ein Uhr; doch ich konnte mich nicht dazu überwinden, zu Bett zu gehen. Als er in den Salon herunterkam, erstattete er uns einen sehr günstigen Bericht über seine Patientin. Sie habe keinerlei Verletzung erlitten und den leichten Nervenschock gut überstanden. Es könne ihr gewiss nicht schaden, wenn ich sie besuchte, falls ich dies wünsche.

Unser Gast lag in einem der hübschesten Räume des Schlosses. Vielleicht war er ein wenig zu prunkvoll eingerichtet. An der Wand am Fußende des Bettes hing ein Gobelin, der Kleopatra, die Schlangen an ihren Busen drückend, zeigte, und die anderen Wände waren mit leicht verblassten Bildern geschmückt, die ähnliche düstere klassische Szenen darstellten.

Neben dem Bett brannten Kerzen. Sie saß aufrecht, ihre schlanke, hübsche Gestalt in den seidenen, mit Blumen bestickten und mit einer dicken Seidenbordüre gesäumten Schlafrock gehüllt, den ihre Mutter ihr über die Füße gebreitet hatte, als sie auf dem Boden lag.

Was es war, das mich, als ich ans Bett trat, um sie zu begrüßen, zutiefst erschreckte und einen oder zwei Schritte zurückweichen ließ? Ich will's erzählen.

Ich sah jenes Gesicht vor mir, welches mich einst nachts in meiner Kindheit heimgesucht, das Gesicht, das so fest in meinem Gedächtnis haftengeblieben war und das ich in all den Jahren so oft im Geiste entsetzt angestarrt hatte, wenn niemand ahnte, woran ich dachte.

Es war hübsch, ja schön; und als ich es das erste Mal erblickte, hatte es den gleichen melancholischen Ausdruck gehabt.

Doch fast im selben Augenblick hellte es sich auf zu einem seltsam starren Lächeln des Erkennens.

Eine volle Minute lang herrschte Schweigen, dann endlich sprach *sie; ich* konnte nicht.

»Wie phantastisch!«, rief sie. »Vor zwölf Jahren

sah ich Ihr Gesicht in einem Traum, und all die Zeit seither verfolgt es mich.«

»Ja, überaus phantastisch!«, wiederholte ich, mühsam das Entsetzen unterdrückend, das mir bis jetzt die Kehle zugeschnürt hatte. »Vor zwölf Jahren habe *ich*, im Traum oder in Wirklichkeit, Sie gesehen. Ich konnte Ihr Gesicht nie vergessen. Ich habe es seither stets vor Augen.«

Ihr Lächeln war jetzt sanft und freundlich. Was mich daran seltsam berührte, war verschwunden, und ihr Gesicht mit den Grübchen in den Wangen erschien mir jetzt bezaubernd hübsch und intelligent.

Ich war – kein Wunder bei dem einsamen Leben, das ich führte – ein wenig scheu und unsicher, doch die Situation machte mich beredt, ja kühn. Sie drückte meine Hand, sie legte die ihre darauf, und als ihr Blick den meinen traf, lächelte sie wieder und errötete. Ich setzte mich, immer noch verwirrt, neben sie, und sie sagte:

»Ich muss Ihnen meinen Traum erzählen; wie ungemein seltsam ist es doch, dass wir beide so lebendig voneinander geträumt haben sollten, dass wir einander, ich Sie und Sie mich, schon einmal gesehen haben sollten so wie jetzt, als wir noch Kinder waren freilich. Ich erwachte damals – sechs Jahre mag ich gewesen sein – aus einem wirren, bösen Traum und fand mich in einem Zimmer, das dem meinen überhaupt nicht glich – mit dunklem Holz getäfelt, mit Schränken, Betten, Stühlen, Bänken aus dem gleichen dunklen Holz.

Die Betten schienen alle leer und niemand außer mir in diesem Raum zu sein; und nachdem ich mich einige Zeit umgesehen und vor allem einen eisernen Kerzenleuchter mit zwei Haltern bewundert hatte, den ich gewiss wiedererkennen würde, kroch ich unter eins der Betten, um zum Fenster zu kommen; doch als ich mich unter dem Bett hervorzwängte, hörte ich jemanden weinen; ich blickte, neben dem Bett kniend, auf, und da sah ich Sie – ganz ohne Zweifel Sie –, so wie ich Sie jetzt sehe: eine schöne junge Dame mit goldenem Haar und großen blauen Augen und vollen Lippen – Ihren Lippen – Sie, so wie jetzt. Ihr Anblick rührte mich; ich stieg ins Bett und legte meinen Arm um Sie, und wir schliefen wohl beide ein.

Ein Schrei weckte mich; Sie saßen aufrecht da und schrien. Angst packte mich, ich schlüpfte aus dem Bett und fiel zu Boden, und einen Augenblick, scheint's, schwanden mir die Sinne; und als ich wieder zu mir kam, lag ich daheim in meinem Kinderzimmer.

Ich habe Ihr Gesicht niemals vergessen. Ich kann mich nicht irren, es kann keine bloße Ähnlichkeit sein. Sie sind die junge Dame, die ich damals sah.«

Es war jetzt an mir, meinen Traum zu erzählen, und ich tat es zum unverhüllten Staunen meiner neuen Bekannten.

»Ich weiß nicht, wer von uns dem andern mehr Angst einflößen sollte«, sagte sie, wieder lächelnd. »Wenn Sie weniger hübsch wären, dann hätte ich schreckliche Angst vor Ihnen, doch bei Ihrem Aussehen und bei unser beider Jugend habe ich nur das Gefühl, Sie schon vor zwölf Jahren kennengelernt zu haben und längst mit Ihnen vertraut zu sein; es scheint mir, als sei es uns seit unserer Kindheit bestimmt, Freundinnen zu werden. Ob Sie sich wohl ebenso seltsam zu mir hingezogen fühlen wie ich mich zu Ihnen; ich habe noch nie eine Freundin gehabt – sollte ich eine gefunden haben?« Sie seufzte, und ihre schönen dunklen Augen sahen mich voll Leidenschaft an.

Um die Wahrheit zu sagen – ich war mir meiner Gefühle gegenüber der schönen Fremden nicht ganz sicher. Ich fühlte mich, wie sie sagte, »zu ihr hingezogen«, doch ich spürte auch einen gewissen Widerwillen, wenngleich dieser bei weitem nicht so stark war wie die Anziehung, die sie auf mich ausübte. Sie fesselte und faszinierte mich; sie war so schön und von so ungemein einnehmendem Wesen.

Ich bemerkte, wie sie jetzt Schwäche und Müdigkeit überkamen, und beeilte mich, ihr eine gute Nacht zu wünschen.

Sie schloss mich einen Augenblick in ihre Arme und flüsterte mir ins Ohr: »Gute Nacht, Liebste, es fällt mir schwer, mich von dir zu trennen, doch gute Nacht; bis morgen früh.«

Sie sank seufzend aufs Kissen nieder und blickte mir mit ihren schönen Augen zärtlich und traurig nach und murmelte noch einmal: »Gute Nacht, liebste Freundin.«

Der nächste Tag kam, und wir sahen uns wieder. Ich war entzückt von meiner Gefährtin; in vielerlei Hinsicht.

Ihr Äußeres verlor nicht bei Tageslicht; sie war zweifellos das schönste Geschöpf, das ich je gesehen, und die peinvolle Erinnerung an das Gesicht aus meinem Kindheitstraum, die beim ersten unerwarteten Erkennen in mir aufgestiegen war, verschwand.

Sie gestand mir, dass sie einen ähnlichen Schreck verspürt hatte, als sie mich erblickte, und auch dieselbe leise, mit Bewunderung gemischte Antipathie. Wir lachten nun gemeinsam über unser Entsetzen im ersten Augenblick.

Ihre Gepflogenheiten – Ein Spaziergang

Ich sagte schon, dass das meiste an ihr mich entzückte.

Doch manches gab es auch, das mir nicht so gut gefiel.

Sie war für eine Frau ziemlich groß. Ja, ich will damit beginnen, ihr Äußeres zu schildern. Sie war schlank und von wundervoller Anmut. Bis auf ihre Bewegungen, die matt und träge – sehr träge – waren, ließ nichts an ihrer Erscheinung darauf schließen, dass sie krank war. Ihr Teint war rosig und gesund; ihre Züge waren zart und schön; ihre Augen groß, dunkel und strahlend; ihr Haar ganz wundervoll – nie habe ich so herrlich dichtes und langes Haar gesehen wie das ihre, wenn es ihr auf die Schultern niederhing; ich legte oft meine Hände darunter und lachte vor Staunen, wie schwer es war. Es war ungemein zart und weich, und seine Farbe ein starkes, sehr dunkles Braun, mit einem Schimmer Gold. Ich öffnete es gern, wenn sie in ihrem Zimmer zurückgelehnt in ihrem Sessel saß und mit ihrer süßen leisen Stimme plauderte; ich teilte es und flocht es und breitete es aus und spielte damit. Himmel! Hätte ich nur die leiseste Ahnung gehabt!

Wie ich schon sagte, hatte sie auch Eigenheiten, die mir nicht gefielen. Ich habe erzählt, dass sie mich bereits am ersten Abend mit ihrer Zutraulichkeit gewann; doch bald musste ich feststellen, dass sie sich bezüglich ihrer Mutter, ihrer Vergangenheit, ja bezüglich ihres ganzen Lebens, ihrer Pläne und der Menschen, die ihr nahestanden, einer undurchdringlichen Verschwiegenheit befleißigte. Mag sein, dass ich unvernünftig war, dass ich mich irrte; vielleicht hätte ich das feierliche Gebot, das die vornehme Dame im schwarzen Samtkleid meinem Vater auferlegt hatte, respektieren sollen. Doch die Neugier ist eine zehrende, nicht zu unterdrückende Leidenschaft, die vor allem ein junges Mädchen auf die Dauer nicht bezähmen kann. Wem konnte es denn schaden, wenn sie mir erzählte, was ich so glühend zu wissen begehrte? Hatte sie kein Vertrauen in meine Zuverlässigkeit und Verschwiegenheit?

Das melancholische Lächeln, mit dem sie mir beharrlich die kleinste Auskunft verweigerte, deutete, wie es mir schien, auf eine ihren Jahren unangemessene Gefühllosigkeit hin.

Was sie mir sagte, lief, nach meinem überheblichen Urteil, auf nichts hinaus.

Es waren drei sehr vage Auskünfte:

Erstens – Ihr Name war Carmilla.

Zweitens – Ihre Familie war sehr alt und vornehm.

Drittens – Ihr Zuhause lag irgendwo im Westen.

Sie nannte mir weder den Namen ihrer Familie noch den ihres Besitzes, ja nicht einmal den des Landes, in dem sie lebten.

Es war nicht etwa so, dass ich dieser Dinge wegen unaufhörlich in sie drang. Ich wartete stets eine gute Gelegenheit ab und stellte meine Fragen ziemlich verhüllt. Ein- oder zweimal allerdings gab ich meine Zurückhaltung auf und zeigte meine Neugier ganz offen. Doch ganz gleich, welche Taktik ich auch anwandte, mit keiner hatte ich Erfolg. Weder Vorwürfe noch Schmeicheleien verfingen bei ihr.

Sie pflegte ihre schönen Arme um meinen Hals zu legen, mich an sich zu ziehen, ihre Wange an die meine zu schmiegen und mir ins Ohr zu flüstern:

»Liebste, ist dein kleines Herz verwundet? Halte mich nicht für grausam, weil ich dem unwiderstehlichen Gesetz meiner Stärke und Schwäche gehorche; wenn dein liebes Herz verwundet ist, so blutet mein wildes Herz mit dem deinen. Die Wonne meiner ungeheuren Demütigung auskostend, lebe ich in deinem warmen Leben, und du sollst in mir aufgehn wie in einem süßen Tod. So wie ich mich dir nähere, so wirst du, deinerseits, dich andern nähern und sie kennenlernen, die Wollust dieser Grausamkeit, die dennoch Liebe ist; ich kann nicht anders, darum bitte ich dich, zügle deine Neugier eine Weile, begehre nicht, von mir mehr zu erfahren, sondern traue mir mit all der Liebe deiner Seele.«

Und hatte sie voll Überschwang so mit mir gesprochen, dann drückte sie mich zitternd an sich, und ihre Lippen hauchten zarte Küsse auf meine Wange.

Wenn solche mysteriösen Stimmungen sie befielen, war sie mir unheimlich. Zuweilen ergriff mich eine seltsame, mein tiefstes Inneres aufwühlende Erregung, die lustvoll war und doch gemischt mit dumpfer Angst und Widerwillen. Ich war nicht fähig, während solcher Szenen klar zu denken, und spürte nur, wie meine Liebe sich vertiefte und zugleich in Abscheu sich verwandelte. Ich weiß, wie paradox das klingt, doch anders kann ich mein Gefühl nicht schildern.

Manchmal nach einer Stunde der Apathie ergriff meine seltsame schöne Gefährtin meine Hand und hielt sie mit zärtlichem Druck, diesen immer und immer wieder erneuernd; dabei blickte sie, sanft errötend, mit schwerlidrigen glühenden Augen in mein Gesicht und atmete so schnell, dass ihr Kleid in heftigem Rhythmus sich hob und senkte. Es war wie die glutvolle Leidenschaft eines Liebhabers; es verwirrte und bestürzte mich; es war abstoßend und doch berauschend; und mit verzehrendem Blick zog sie mich an sich, und ihre heißen Lippen wanderten über meine Wange, und sie flüsterte, beinahe schluchzend:

»Du bist mein, du musst mein sein, du und ich, wir sind eins für immer.«

Und dann warf sie sich in ihren Sessel zurück und bedeckte mit ihren zierlichen Händen die Augen.

Einmal fragte ich sie:

»Sind wir vielleicht verwandt – oder was meinst du nur mit all dem? Vielleicht erinnere ich dich an jemanden, den du liebst. Oh, bitte, lass das, ich hasse es; ich kenne dich nicht – ich kenne mich selbst nicht, wenn du mich so ansiehst und so sprichst.«

Da seufzte sie laut, wandte sich ab und ließ meine Hand los.

Vergebens bemühte ich mich, eine befriedigende

Erklärung für dies höchst merkwürdige Verhalten zu finden – dass es gespielt oder geheuchelt war, hielt ich für ausgeschlossen. Zweifellos handelte es sich um plötzliche Ausbrüche unterdrückter Gefühle.

Auch in anderer Hinsicht war ihr Betragen oft wunderlich. Sie pflegte sehr spät, meist nicht vor ein Uhr, herunterzukommen und nur eine Tasse Schokolade zu trinken, doch nichts zu essen; sodann pflegten wir einen Spaziergang zu machen, doch obwohl wir nur ganz langsam dahinschlenderten, schien sie bald tief erschöpft, und so kehrten wir zum Schloss zurück oder setzten uns auf eine der Bänke, die hier und dort zwischen den Bäumen standen. Diese Schwäche befiel jedoch nur ihren Körper, nie ihren Geist. Sie pflegte stets angeregt und sehr intelligent weiterzuplaudern.

Manchmal machte sie eine Bemerkung über ihr Zuhause oder erwähnte ein Erlebnis oder eine Situation oder eine frühe Erinnerung und sprach dabei von Menschen mit seltsamen Manieren oder von Gebräuchen, die bei uns unbekannt waren. Ich schloss aus diesen gelegentlichen Andeutungen, dass ihr Heimatland viel weiter entfernt war, als ich zuerst geglaubt hatte.

Als wir eines Nachmittags so unter den Bäumen saßen, zog ein Trauerkondukt vorbei. Die Verstorbene war ein hübsches junges Mädchen, das ich oft gesehen hatte, die Tochter eines Waldhüters. Der arme Mann schritt gramgebeugt hinter dem Sarg seines geliebten Kindes her; es war sein einziges. Dahinter kam, eine Trauerhymne singend, eine lange Reihe von Bauern.

Ich erhob mich, um der Toten meine Achtung zu zollen, und stimmte in die Hymne ein.

Da packte meine Gefährtin mich am Arm, und ich wandte mich überrascht zu ihr um.

»Merkst du denn nicht, wie schrecklich das klingt?«, sagte sie schroff.

»Im Gegenteil, ich finde, es klingt sehr schön«, erwiderte ich, ärgerlich über die Störung und sehr peinlich berührt, denn ich fürchtete, die Leute, aus denen die kleine Prozession bestand, könnten den Zwischenfall bemerken und uns verübeln.

Ich sang deshalb sogleich weiter, doch wieder wurde ich unterbrochen.

»Grässlich, ich halte das nicht aus«, sagte Carmilla beinahe wütend und steckte sich die Finger in die Ohren. »Überdies, wie kannst du annehmen, dass wir beide der gleichen Religion angehören; dein Benehmen verletzt mich, und ich hasse Begräbnisse. Was für ein dummes Getue! Mein Gott, jeder Mensch muss sterben, und die Toten sind nur glücklich zu preisen. Komm, lass uns heimgehen.«

»Mein Vater ist mit dem Pfarrer auf den Friedhof gegangen. Ich dachte, du wüsstest, dass sie heute beerdigt wird.«

»*Sie?* Ich kümmere mich nicht um diese dummen Bauern. Ich habe keine Ahnung, wer sie ist«, erwiderte Carmilla, und ihre schönen Augen funkelten auf.

»Es ist das arme Mädchen, dem angeblich vor vierzehn Tagen des Nachts ein Geist erschienen ist. Seither lag sie auf den Tod darnieder, und gestern ist sie verschieden.«

»Sprich mir nicht von Geistern. Sonst kann ich heute Nacht nicht schlafen.«

»Ich hoffe nur, es ist nicht eine Seuche oder ein Fieber; alles scheint darauf hinzudeuten«, fuhr ich fort. »Vor einer Woche erst starb die junge Frau des Schweinehirten; ihr war, als packe sie, während sie in ihrem Bett lag, jemand an der Kehle und würge sie. Papa sagt, solch schreckliche Phantasien treten bei manchen Arten von Fieber auf. Sie war am Tag zuvor noch ganz gesund. Danach verfiel sie schnell und starb vor einer Woche.«

»Nun, *ihr* Begräbnis ist vorbei, so hoffe ich, und *ihre* Hymne gesungen; nun wird so bald kein grässlicher Gesang mehr unsere Ohren quälen. Mir ist ganz schlecht davon. Komm, setz dich neben mich, ganz nah; nimm meine Hand und drück sie – fest – noch fester …«

Sie ließ sich auf die Bank nieder. Mit ihrem Gesicht war eine Wandlung vor sich gegangen, die mich bestürzte, ja einen Augenblick entsetzte. Es lief dunkel an und wurde schrecklich blau; ihre Zähne und Hände krampften sich zusammen, und sie presste die Lippen aufeinander und starrte, am ganzen Körper zitternd, wie gepackt von einem Schauder, zu Boden. Sie schien all ihre Kraft aufzubieten, um einen Anfall zu unterdrücken, schien atemlos mit sich zu ringen; und endlich brach ein langgezogener Schrei der Qual aus ihr hervor, und langsam wich der Krampf.

»Da! Das kommt von euren abscheulichen Hymnen; sie würgen einem die Luft ab!«, sagte sie schließlich. »Halt mich, halt mich fest. Es vergeht schon.«

Allmählich erholte sie sich, und anscheinend um den düsteren Eindruck zu verscheuchen, den das Schauspiel auf mich gemacht hatte, gab sie sich ungewöhnlich heiter und ausgelassen, und wir gingen plaudernd heim.

Es war das erste Mal, dass ihre zarte Gesundheit, von der ihre Mutter sprach, sich bemerkbar gemacht hatte. Und es war auch das erste Mal, dass ich sie etwas wie Unmut hatte zeigen sehen.

Das Ganze verging wie eine Sommerwolke; und nie mehr danach erlebte ich, dass solcher Zorn sie übermannte – bis auf einmal. Ich will erzählen, wie es geschah.

Wir blickten beide aus einem der langen Fenster des Salons, als jemand über die Zugbrücke kam und auf den Hof trat – ein Wanderer, den ich gut kannte. Er pflegte zweimal im Jahr das Schloss zu besuchen.

Es war ein Buckliger, und er hatte jene scharfen, mageren Züge, wie sie häufig Missgestaltete zeigen. Er trug einen spitzen schwarzen Bart und grinste, die scharfen weißen Zähne zeigend, von einem Ohr zum andern. Gekleidet war er in Gelb und Schwarz und Scharlachrot und umschnürt mit mehr Riemen und Gurten, als ich zählen konnte, und daran hingen die wunderlichsten Dinge. Auf dem Rücken trug er eine Laterna magica und zwei Kistchen, welche ich gut kannte; in dem einen war ein Salamander, in dem andern eine Alraune – scheußliche Dinger, die meinen Vater höchlichst zu ergötzen pflegten. Sie bestanden aus Teilen von Affen, Papageien, Eichhörnchen, Fischen und Igeln, die getrocknet und mit großem Geschick zusammengefügt waren.

An seinem Gürtel hingen eine Fiedel, eine Schachtel mit allerlei Taschenspielerutensilien, mehrere Masken und verschiedene andere geheimnisvolle Dinge, und in der Hand hielt er einen schwarzen, mit kupfernen Ringen beschlagenen Stab. Sein Gefährte war ein struppiger, magerer Hund, der ihm auf den Fersen folgte, vor der Zugbrücke jedoch misstrauisch stehenblieb und alsbald schauerlich zu heulen anhub.

Der bucklige Gaukler war indessen auf den Hof getreten. Er zog seinen grotesken Hut, verbeugte sich auf äußerst feierliche Art und grüßte uns voll Überschwang in grässlichem Französisch und nicht viel besserem Deutsch. Dann nahm er seine Fiedel und kratzte darauf eine muntere Weise, wozu er krächzend sang und mit drolligen Schritten tanzte, so dass ich trotz dem Heulen des Hundes lachen musste.

Dann trat er, in der linken Hand den Hut und unterm Arm die Fiedel, unter vielen Verbeugungen ans Fenster und pries mit großer Zungenfertigkeit uns seine Künste, Dienste und Zaubermittel an.

»Belieben die edlen Damen ein Amulett gegen den Vampir zu kaufen, der, wie ich höre, wie ein Wolf durch diese Wälder streift?«, sagte er und warf seinen Hut aufs Pflaster. »Er überfällt und tötet die Menschen allenthalben, doch hier ist ein Zaubermittel, das nie versagt; ihr braucht es nur ans Kissen zu heften und könnt ihm ins Gesicht lachen.«

Diese Amulette bestanden aus länglichen Pergamentstreifen, bedeckt mit kabbalistischen Zeichen und Figuren.

Carmilla kaufte sofort eins, und ich ebenfalls.

Er blickte auf, und wir lächelten amüsiert zu ihm nieder; zumindest ich. Sein bohrender Blick schien, als er in unsere Gesichter sah, etwas zu entdecken, das einen Augenblick seine Neugier erregte.

Dann senkte er den Kopf und öffnete eine Ledertasche, in der alle möglichen seltsamen, kleinen stählernen Instrumente lagen.

»Schaut her, meine Dame«, wandte er sich an mich und hob die Tasche hoch. »Ich beherrsche, neben anderen weniger nützlichen Dingen, die Kunst der Zahnheilkunde. Die Pest über diesen Köter!«, unterbrach er sich. »Sei still, du Biest! Er heult so laut, dass die Damen mich kaum verstehen können. Eure schöne Freundin, die junge Dame zu Eurer Rechten, hat die schärfsten Zähne, die ich je gesehen habe – lang, dünn und spitz wie eine Ahle, wie eine Nadel, ha, ha! Mit meinen guten Augen hab ich dies, als ich aufblickte, sogleich gesehen. Falls sie der jungen Dame weh tun, was ich annehme, so stehe ich mit meiner Feile, meinem Meißel, meiner Zange gerne zur Verfügung; ich mach' sie rund und stumpf, wenn's der Dame beliebt, damit sie nicht mehr die Zähne eines Fisches hat, sondern die einer schönen jungen Dame, wie sie's ist. He? Ist die junge Dame böse? Bin ich zu kühn gewesen? Hab' ich sie beleidigt?«

Die junge Dame blickte in der Tat sehr böse drein, als sie sich vom Fenster zurückzog.

»Wie kann sich dieser Gaukler so erdreisten? Wo ist dein Vater? Er muss mir Genugtuung verschaffen. Mein Vater hätte diesen Halunken an die Pumpe gebunden und mit einer Pferdepeitsche verprügelt und ihm das Wappen unseres Schlosses bis auf die Knochen eingebrannt!«

Sie trat einen oder zwei Schritte vom Fenster zurück und setzte sich; doch kaum war der Beleidiger ihrem Blick entschwunden, da verflog ihr Zorn so schnell, wie er gekommen, und sie verfiel wieder in ihren gewohnten Ton und schien den Buckligen und seine frechen Scherze zu vergessen.

Mein Vater war an diesem Abend tief bedrückt. Als er heimkam, berichtete er uns, es habe wieder einen neuen Fall gegeben, ähnlich den beiden andern, die kürzlich mit dem Tod geendet hatten. Die Schwester eines jungen Bauern auf seinem Gut, nur eine Meile weit vom Schloss, war schwer erkrankt, sie war nach ihrer Schilderung auf die ganz gleiche

Weise angefallen worden und siechte nun langsam zwar, doch stetig dahin.

»All dies«, sagte mein Vater, »ist ganz zweifellos natürlichen Ursachen zuzuschreiben. Diese armen Leute stecken einander mit ihren Wahngedanken an und sehn deshalb in ihrer Phantasie die gleichen Schreckensbilder, die ihre Nachbarn heimsuchten.«

»Gerade das macht mir so schrecklich Angst«, sagte Carmilla.

»Warum?«, fragte mein Vater.

»Ich fürchte mich davor, mir einzubilden, dass ich solche Dinge sehe; ich glaube, es wäre ebenso schlimm, wie wenn sie wirklich existierten.«

»Ich erwarte heute noch den Doktor«, sagte mein Vater. »Ich möchte ihn fragen, was er davon hält und was er uns zu tun rät.«

»Doktoren haben mir noch nie geholfen«, sagte Carmilla.

»Bist du denn krank gewesen?«, fragte ich.

»Kränker, als du's jemals warst«, erwiderte sie.

»Ist es schon lange her?«

»Ja, lange. Ich litt an ebendieser Krankheit, doch ich vergaß alles bis auf meinen Schmerz und meine Schwäche, und die waren nicht so schlimm wie bei manch andern Krankheiten.«

»Du warst wohl damals noch sehr jung?«

»Gewiss. Doch lass uns jetzt von etwas anderm

reden. Du möchtest deiner Freundin doch nicht weh tun?« Sie sah mich schmerzlich an, legte liebevoll den Arm um mich und führte mich aus dem Zimmer. Mein Vater hatte sich an einem Tisch nahe dem Fenster über einige Papiere gebeugt.

»Warum will dein Papa uns Furcht machen?«, sagte das hübsche Mädchen seufzend und leicht erschaudernd.

»Wie kannst du das glauben, liebe Carmilla, nichts liegt ihm ferner.«

»Hast du Angst, Liebste?«

»Sicher hätte ich große Angst, wenn ich glaubte, dass ich in Gefahr bin, auf gleiche Weise angefallen zu werden wie diese armen Leute.«

»So fürchtest du dich vor dem Sterben?«

»Gewiss, wie alle Menschen.«

»Aber wenn man stirbt wie Liebende? Gemeinsam, um in einer andern Welt vereint zu leben? Mädchen sind auf dieser Erde wie Raupen, aus denen Schmetterlinge werden, wenn der Sommer kommt. Doch bis dahin sind sie nur Larven und Maden. So sagt Monsieur Buffon in seinem großen Buch. Ich hab' es in der Bibliothek gefunden.«

Später am Tag kam der Doktor und zog sich mit Papa für einige Zeit zurück. Er war ein tüchtiger Mann, schon über sechzig; er pflegte sich zu pudern und war stets glatt rasiert, so dass sein blasses, rundliches Gesicht fast einem Kürbis glich.

Als er und Papa aus dem Zimmer traten, hörte ich Papa lachend sagen:

»Ich muss mich wundern über einen klugen Mann wie Sie. Was halten Sie von Flügelrössern und Drachen?«

Der Doktor lächelte und schüttelte leise den Kopf:

»Wie dem auch sei, Leben und Tod sind rätselhaft und unergründlich, und wir wissen nur wenig über die Letzten Dinge.«

Damit gingen sie weiter, und ich hörte nichts mehr. Damals wusste ich nicht, worauf der Doktor anspielte, doch ich glaube, heute ahne ich es.

Eine wundersame Ähnlichkeit

Am gleichen Abend kam von Graz der Sohn des Bilderrestaurators, ein junger Mann mit ernstem, düsterem Gesicht. Auf einem Wagen brachte er zwei große Packkisten mit vielen Bildern. Es war eine Fahrt von dreißig Meilen, und immer, wenn ein Bote aus unserer kleinen Hauptstadt Graz auf unser Schloss kam, pflegten wir uns in der Halle zu versammeln, um Neuigkeiten zu erfahren. In unserer Abgeschiedenheit war solch Besuch höchst aufregend.

Die Kisten wurden in der Halle abgestellt, und unsere Dienstboten nahmen den jungen Mann erst einmal in Beschlag, bis er sein Abendessen verzehrt hatte. Dann kam er in Begleitung einiger Gehilfen und bewaffnet mit Hammer, Brecheisen und Schraubenzieher in die Halle, wo wir uns eingefunden hatten, um dem Öffnen der Kisten beizuwohnen.

Carmilla sah mit teilnahmsloser Miene zu, wie eins der alten Bilder nach dem andern, fast alles

Porträts, die renoviert worden waren, hervorgezogen wurden. Meine Mutter entstammte einer alten ungarischen Familie, und die meisten dieser Bilder, die nun wieder an ihre Plätze gehängt werden sollten, waren durch sie auf uns gekommen.

»Ein Bild habe ich noch nicht gesehen«, sagte mein Vater. »Es trägt, so weit ich ihn entziffern konnte, in einer der oberen Ecken den Namen ›Marcia Karnstein‹ und die Jahreszahl 1698; ich bin sehr neugierig, wie es geworden ist.«

Ich erinnerte mich; es war ein kleines Bild, nur etwa einen und einen halben Fuß hoch und fast quadratisch, und es hatte keinen Rahmen; doch es war so altersschwarz gewesen, dass man nicht viel darauf sah.

Der Künstler zog es sichtlich stolz hervor. Es war ganz wunderschön, doch ich erschrak – es schien zu leben! Es war Carmillas Bildnis!

»Carmilla, Liebste, welch ein Wunder! Das auf dem Bild bist du, lebendig, lächelnd, als wolltest du den Mund auftun zu sprechen. Ist es nicht schön, Papa? Seht doch, da ist sogar das kleine Mal am Hals.«

Mein Vater sagte lachend:

»Ganz zweifellos, es ist erstaunlich ähnlich«, doch dann wandte er, wie es mir schien ein wenig erschrocken, den Blick davon ab und sprach weiter mit dem Künstler und disputierte mit ihm voll Sachverstand über die andern Porträts und Gemälde, während ich, je länger ich das Bild betrachtete, mehr und mehr in Staunen geriet.

»Darf ich dieses Bild in mein Zimmer hängen, Papa?«, fragte ich.

»Warum nicht, Liebling«, sagte er und lächelte. »Es freut mich, dass du es so ähnlich findest. Wenn es das wirklich ist, dann muss es noch hübscher sein, als ich dachte.«

Die junge Dame dankte nicht für sein galantes Kompliment; sie schien es nicht einmal zu hören. Sie saß zurückgelehnt in ihrem Sessel; ihre schönen Augen mit den langen Wimpern sahen mich versunken an, und sie lächelte entrückt.

»Jetzt kann man auch ganz klar den Namen lesen, dort oben in der Ecke, in goldener Schrift. Er heißt nicht Marcia. Der Name ist Mircalla, Gräfin Karnstein; darüber sieht man eine kleine Krone, darunter die Inschrift A. D. 1698. Wir stammen von den Karnsteins ab, das heißt Mama.«

»Ah!«, sagte die junge Dame gelassen. »Dann bin ich also eine sehr, sehr alte Ahnin. Leben heute noch irgendwelche Karnsteins?«

»Nicht dass ich wüsste. Die Familie ist umgekommen – vor langer Zeit schon, im Krieg, die Ruine ihres Schlosses steht drei Meilen von hier.«

»Wie interessant!«, sagte sie mit müder Stimme. »Doch sieh, wie schön der Mond scheint!« Sie blickte durch die Tür der Halle, die ein wenig offen stand. »Wie wär's mit einem kleinen Spaziergang auf dem Hof? Ich würde gerne auf die Straße und den Fluss hinunterschaun.«

»Es ist fast wie in jener Nacht, in der du zu uns kamst«, sagte ich.

Langsam und schweigend gingen wir hinunter zur Zugbrücke, wo die herrliche Landschaft sich vor uns auftat.

»Du dachtest also an die Nacht, in der ich zu euch kam?«, sagte sie flüsternd. »Bist du froh, dass ich gekommen bin?«

»Entzückt, liebe Carmilla«, erwiderte ich.

»Und du batest darum, das Bild, das mir so ähnlich sehen soll, in dein Zimmer hängen zu dürfen«, murmelte sie seufzend und schlang dabei den Arm um meine Hüfte und ließ den Kopf auf meine Schulter sinken.

»Wie überaus romantisch bist du doch, Carmilla«, sagte ich. »Wenn du mir einst deine Geschichte erzählen wirst, so wird sie gewiss von einer großen Liebe handeln.«

Sie küsste mich schweigend.

»Ich bin sicher, Carmilla, du bist verliebt, und was du mir verschweigst, ist eine Herzensaffäre.«

»Ich bin nicht verliebt, und ich werde nie lieben«, flüsterte sie, »– es sei denn, dich.«

Wie schön sah sie im Mondlicht aus!

Scheu und seltsam war der Blick, mit dem sie ihr Gesicht rasch in mein Haar vergrub, laut seufzend, dass es fast wie Schluchzen klang, und zitternd ihre Hand um meine legend. Ihre zarte Wange glühte an der meinen.

»Liebste, Liebste«, murmelte sie, »ich lebe in dir, und du würdest für mich sterben. Wie liebe ich dich.«

Ich fuhr zurück. Sie blickte mich mit Augen an, in denen alles Feuer, alle Leidenschaft erloschen, und ihr Gesicht war bleich und müde.

»Weht nicht ein kühler Wind?«, sagte sie matt. »Mich fröstelt fast; hab' ich geträumt? Lass uns hineingehn. Komm, komm hinein.«

»Du bist so blass, Carmilla. Ist dir nicht wohl? Du solltest ein Glas Wein trinken.«

Angst stieg in mir auf, sie könnte von der seltsamen Krankheit befallen worden sein, die angeblich das Land ringsum heimsuchte.

»Papa wäre über alle Maßen bestürzt«, fügte ich hinzu, »wenn du dich auch nur im mindesten unpässlich fühltest, ohne es uns wissen zu lassen. Wir haben ganz in der Nähe einen sehr tüchtigen Arzt; du weißt ja, er hat Papa heute besucht.«

»Schon gut. Ich weiß eure Besorgnis zu schätzen, doch es ist schon vorbei. Mir fehlt nichts weiter; ich bin nur ein wenig schwach. Ich kann kaum so weit laufen wie ein Kind von drei Jahren, und hin und wieder kommt es vor, dass meine wenige Kraft versagt, so wie du's eben sahst. Doch das geht immer schnell vorüber. Sieh, ich bin schon wieder ganz bei mir.«

Sie schien es in der Tat; und wir lachten und plauderten den restlichen Abend, ohne dass sie noch einmal in jenen Zustand verfiel, in dem sie mich mit ihren seltsamen Reden und Blicken in Verlegenheit setzte, ja erschreckte.

Jedoch in dieser Nacht geschah etwas, das meinen Gedanken eine ganz neue Wendung gab und das sogar Carmilla aus ihrer Trägheit aufzurütteln schien.

Sonderbare Qualen

Als wir uns im Salon zu Kaffee und Schokolade niedersetzten, schien Carmilla, obgleich sie nichts zu sich nahm, völlig wiederhergestellt. Madame Perrodon und Mademoiselle de Lafontaine gesellten sich zu uns und veranstalteten ein kleines Kartenspiel, und bald erschien auch Papa, um, wie er zu sagen pflegte, seine »Schale Tee« zu trinken.

Als das Spiel zu Ende war, setzte er sich neben Carmilla aufs Sofa und fragte sie, ein wenig besorgt, ob sie schon Nachricht von ihrer Mutter habe.

»Nein«, erwiderte sie.

Da fragte er, ob sie denn wisse, wo ein Brief zu diesem Zeitpunkt sie wohl erreichen würde.

»Das kann ich nicht sagen«, entgegnete sie zweideutig, »doch ich denke ohnedies daran, Sie zu verlassen. Ich habe Ihre Gastfreundschaft und Güte schon viel zu lange in Anspruch genommen und Ihnen die größten Ungelegenheiten bereitet. Ich möchte morgen eine Kutsche nehmen und ihr nachreisen. Ich weiß, wo ich sie schließlich finden werde, wenngleich ich es Ihnen noch nicht sagen darf.«

»Nicht einmal im Traum dürfen Sie an so etwas denken«, rief mein Vater zu meiner großen Erleichterung. »Wir können Sie unmöglich so ziehen lassen, denn Ihre Mutter hat mir die Ehre erwiesen, Sie uns bis zu ihrer Rückkehr anzuvertrauen. Ich wäre nur sehr froh, wenn Sie von ihr gehört hätten; denn die Berichte über die Ausbreitung dieser geheimnisvollen Krankheit, die unsere Gegend heimsucht, werden immer beunruhigender, und es bedrückt mich sehr, allein und ohne den Rat Ihrer Mutter einholen zu können, die Verantwortung für unseren schönen Gast tragen zu müssen.«

»Dank, mein Herr, tausend Dank für Ihre Gastfreundschaft«, erwiderte sie schüchtern lächelnd. »Sie alle sind so gütig; ich war in meinem ganzen Leben selten so glücklich wie auf Ihrem schönen Schloss, unter Ihrer Obhut und in Gesellschaft Ihrer lieben Tochter.«

Da küsste er ihr, angetan von ihren Worten, auf seine altmodische Weise galant die Hand.

Ich geleitete Carmilla wie immer auf ihr Zimmer und plauderte mit ihr, während sie sich für die Nacht vorbereitete.

»Glaubst du«, fragte ich endlich, »dass du dich mir je völlig anvertrauen wirst?«

Sie wandte sich um, erwiderte jedoch nichts, sondern lächelte mich nur an.

»Kannst du mir darauf nicht antworten?«, sagte ich. »Oder wäre die Antwort nicht angenehm für mich? Ach, hätte ich nur nicht gefragt.«

»Du tatest ganz recht daran, mich das zu fragen. Du weißt nicht, wie teuer du mir bist, denn sonst könntest du keine Zweifel in mein Vertrauen setzen. Doch ich habe einen Schwur getan, schrecklicher als das Gelübde einer Nonne, und darf es noch nicht wagen, dir meine Geschichte zu erzählen. Die Zeit, da du alles erfahren wirst, ist jedoch nah.

Du wirst mich für grausam und für selbstsüchtig halten, doch Liebe ist stets selbstsüchtig; je glühender sie ist, desto mehr. Du ahnst ja nicht, welch wilde Eifersucht mich quält. Du musst mit mir kommen und mich lieben, bis zum Tod; oder mich hassen, und dennoch mit mir kommen, und mich hassen, bis über den Tod hinaus.«

»Bitte, Carmilla – redest du schon wieder solch wirren Unsinn?«, sagte ich hastig.

»O nein, so töricht ich auch bin, ich kleine Närrin, so voller Grillen und Launen – dir zuliebe will ich ganz vernünftig reden. Warst du schon einmal auf einem Ball?«

»Nein, doch ich stell es mir ganz herrlich vor.«

»Ich hab's fast vergessen, so lange ist es her.«

Ich lachte.

»Bei deinem Alter? Du kannst doch deinen ersten Ball noch nicht vergessen haben.«

»Ich erinnere mich an alles, doch nur dunkel. Ich sehe alles wie ein Taucher unter Wasser, wie durch ein Medium – dicht, gewellt, doch durchsichtig. In jener Nacht geschah etwas. Es hat das Bild verwirrt, die Farben sind verblasst. Ich wurde fast ermordet in meinem Bett – hier wurde ich verwundet«, sie berührte ihre Brust, »und seither bin ich eine andere.«

»Warst du dem Tode nah?«

»Ganz nah. Eine seltsame, eine grausame Liebe, sie kostete mich fast das Leben. Liebe fordert ihre Opfer. Und kein Opfer gibt es ohne Blut. Lass uns jetzt schlafen gehen; ich bin schrecklich müde. Wie soll ich mich nur überwinden, aufzustehen und meine Türe zu versperren?«

Sie hatte ihre zarten Hände in ihr reiches lockiges Haar vergraben und unterm Kopf verschränkt, der auf dem Kissen lag, und ihre glänzenden Augen folgten mir mit einem scheuen Lächeln, das ich nicht enträtseln konnte.

Ich wünschte ihr eine gute Nacht und schlüpfte, von einem unbehaglichen Gefühl erfüllt, aus ihrem Zimmer.

Die Vorsichtsmaßregeln nervöser Menschen

wirken ansteckend, und Personen ähnlicher Veranlagung pflegen sie nach einiger Zeit mit Sicherheit nachzuahmen. Ich hatte Carmillas Gewohnheit, die Schlafzimmertüre zu versperren, übernommen – kein Wunder bei all ihrem wunderlichen Gerede von mitternächtlichen Besuchern. Auch durchsuchte ich wie sie kurz mein Zimmer, um sicherzugehen, dass nirgendwo ein Meuchelmörder oder Räuber lauerte.

In dieser Nacht hatte ich einen Traum, der mich in die seltsamsten Qualen und Ängste stürzte.

Ich kann ihn keinen Alptraum nennen, denn mir war durchaus bewusst, dass ich schlief. Ebenso genau wusste ich, dass ich in meinem Zimmer war und im Bett lag. Ich wähnte das Zimmer und die Dinge darin just so zu sehen wie in Wirklichkeit, nur dass es sehr dunkel war, und ich sah am Fuß des Bettes etwas sich bewegen, das ich anfangs nicht klar erkennen konnte. Doch bald schon sah ich, es war ein rabenschwarzes Tier, das einer riesenhaften Katze glich. Es schien vier oder fünf Fuß lang zu sein, denn es bedeckte der Länge nach gänzlich den Kaminteppich, als es darüberschlich; und es schlich ständig auf und nieder, geschmeidig, lauernd, ruhelos gleich einem wilden Tier in einem Käfig. Ich brachte keinen Laut hervor, obgleich mich, wie man sich denken kann, tiefes Grauen packte. Es schlich nun immer schneller auf und ab, und das Zimmer wurde immer dunkler, so dunkel schließlich, dass ich nichts mehr sehen konnte außer seinen Augen. Ich spürte, wie es auf mein Bett sprang. Die beiden großen Augen kamen auf mein Gesicht zu, und plötzlich fühlte ich einen stechenden Schmerz, als drängen zwei große Nadeln tief in meine Brust. Mit einem Schrei erwachte ich.

Das Zimmer war von der Kerze erhellt, welche ich die ganze Nacht brennen ließ, und ich sah am Fußende des Bettes eine weibliche Gestalt stehen. Sie trug ein dunkles, weites Gewand, und ihr Haar war offen und fiel bis auf die Schultern hernieder. Ein Fels hätte nicht regungsloser sein können als ich. Ich wagte nicht den leisesten Atemzug. Während ich sie anstarrte, schien die Gestalt sich fortzubewegen; sie war jetzt näher bei der Tür, dann dicht davor, die Tür ging auf, und sie verschwand.

Erleichterung stieg in mir auf; ich konnte wieder atmen und mich rühren. Mein erster Gedanke war: Carmilla hatte mir wohl einen Streich gespielt, und ich hatte anscheinend vergessen, die Tür zu versperren. Ich eilte hin und fand sie, wie immer, von innen verschlossen. Ich traute mich nicht, sie zu öffnen – Entsetzen packte mich. Ich sprang ins Bett und zog die Decke über meinen Kopf und lag so, tot eher denn lebendig, bis zum Morgen.

Zerfall

Am nächsten Tag ertrug ich es nicht einen Augenblick, allein zu sein. Ich hätte mich meinem Vater anvertrauen sollen, doch zwei Gründe sprachen dagegen. Der eine war, dass ich befürchtete, er könnte über meine Geschichte lachen, und ich wollte nicht, dass er das Ganze als einen Scherz betrachtete; der andere, dass er vielleicht glauben könnte, ich sei von der geheimnisvollen Krankheit befallen, die in der Gegend umging. Ich hatte keinerlei derartige Bedenken, und da seine Gesundheit schon seit einiger Zeit nicht die beste war, wollte ich ihn nicht unnötig erschrecken.

Ich suchte deshalb Zuflucht bei meinen beiden gutmütigen Gefährtinnen, Madame Perrodon und Mademoiselle de Lafontaine. Sie merkten bald, dass ich bedrückt und nervös war, und so erzählte ich ihnen schließlich, was so schwer auf meinem Herzen lag.

Mademoiselle lachte, doch es schien mir, als ob Madame Perrodon besorgt dreinblickte.

»Da fällt mir ein«, sagte Mademoiselle lachend, »auf dem Lindenweg unter Carmillas Schlafzimmerfenster soll es ja spuken!«

»Unsinn!«, rief Madame, die es offenbar nicht für klug hielt, dieses Thema anzuschneiden, »wie kommen Sie denn darauf, meine Liebe?«

»Martin hat mir erzählt, dass er zweimal vor Sonnenaufgang, als das alte Hoftor repariert wurde, dort vorbeiging, und beide Male sah er die gleiche weibliche Gestalt den Lindenweg hinunterwandeln.«

»Das scheint mir nicht verwunderlich, solange es auf den Feldern am Fluss Kühe zu melken gibt«, sagte Madame.

»Mag sein; doch Martin erschrak fürchterlich; er war ganz außer sich vor Angst.«

»Sie dürfen Carmilla kein Wort davon erzählen, denn sie kann von ihrem Fenster aus auf diesen Weg hinunterschauen«, warf ich ein, »und sie ist, wenn möglich, noch furchtsamer als ich.«

Carmilla kam an diesem Tage ungewöhnlich spät herunter.

»Ich hatte heute Nacht furchtbare Angst«, sagte sie, sobald wir uns gesetzt hatten, »und ich bin sicher, mir wäre etwas Grauenhaftes erschienen, hätte ich nicht dieses Amulett gehabt, das ich dem armen kleinen Buckligen abkaufte, den ich so beschimpfte. Mir träumte, dass etwas Schwarzes auf mein Bett zuschlich, und ich erwachte voll Entsetzen und bildete mir ein paar Sekunden ein, neben dem Kamin eine schwarze Gestalt zu sehen; ich tastete nach dem Amulett unter meinem Kissen, und im Augenblick, da meine Finger es berührten, verschwand die Gestalt, doch ich fühlte ganz genau, wenn ich es nicht gehabt hätte, dann hätte ein grässliches Wesen sich auf mich gestürzt und mich vielleicht gewürgt wie diese armen Menschen, von denen wir gehört haben.«

»Nun hör gut zu«, begann ich und berichtete ihr mein Erlebnis.

Sie lauschte voll Beklemmung und fragte ernst: »Und hattest du dein Amulett bei dir?«

»Nein, ich hatte es in eine Porzellanvase im Salon gesteckt, doch da du so auf seine Kraft vertraust, werde ich es nächste Nacht bestimmt mit in mein Bett nehmen.«

Ich kann mich heute nicht mehr erinnern noch begreifen, wie ich mich überwand, allein in meinem Zimmer zu Bett zu gehen. Ich weiß jedoch genau, dass ich das Amulett an mein Kissen heftete. Ich sank sogleich in Schlummer und schlief die ganze Nacht erstaunlich gut.

Die nächste Nacht verging ebenso. Mein Schlaf war köstlich tief und traumlos. Doch ich erwachte mit einem Gefühl der Mattigkeit und Melancholie, das aber nicht sehr stark und fast berauschend war.

»Nun, hab ich es dir nicht gesagt?«, erwiderte Carmilla, als ich ihr von meinem ungestörten Schlaf erzählte. »Auch ich habe letzte Nacht herrlich geschlafen; das Amulett befestigte ich an meinem Nachthemd. Die Nacht vorher war es zu weit weg.«

»Und wodurch, glaubst du, wirkt das Amulett?«

»Es ist getränkt mit irgendeiner Droge, die gegen die Malaria hilft«, entgegnete sie.

»Dann wirkt es also nur auf den Körper?«

»Natürlich; du glaubst doch nicht, dass böse Geister sich vor einem Stückchen Band ängstigen, oder vor den Düften aus dem Laden eines Apothekers? Nein, dieses Übel, das in der Luft ist, befällt die Nerven und gelangt so ins Gehirn; doch bevor es dich packen kann, vertreibt es dieses Gegenmittel. Darin besteht die Kraft des Amuletts. Es ist nichts Magisches, es ist durchaus natürlich.«

Ich wäre froh gewesen, hätte ich Carmilla ganz glauben können, doch ich gab mir alle Mühe, und meine Furcht wich ein wenig.

Einige Nächte lang schlief ich tief; doch morgens spürte ich stets diese Müdigkeit und eine Schwäche, die mich den ganzen Tag gefangen hielt.

Ich fühlte mich wie verwandelt. Eine seltsame Melancholie umfing mich, eine Melancholie, der ich gleichwohl nicht entrinnen mochte. Düstere Todesgedanken erfüllten mich, und ein Gefühl, als ob ich langsam verginge, ergriff sanft, und irgendwie nicht unwillkommen, Besitz von mir. Denn diese Traurigkeit war zugleich süß, und was es immer sein mochte, meine Seele gab sich ihm willig hin.

Ich dachte nicht daran einzugestehen, dass ich krank war, mich meinem Vater anzuvertrauen oder den Doktor kommen zu lassen.

Carmilla hing mehr denn je an mir, und ihre merkwürdigen Aufwallungen glutvoller Zuneigung wurden immer häufiger. Je mehr meine körperliche und seelische Kraft schwand, desto leidenschaftlicher schien sie sich an mich zu klammern. Mich erschreckten diese Anfälle immer; sie waren wie ein Aufflackern von Wahnsinn.

Gewisse vage und seltsame Gefühle befielen mich im Schlaf. Das stärkste war jener angenehme, sonderbare kalte Schauder, den man beim Baden spürt, wenn man sich gegen die Strömung eines Flusses stemmt. Bald gesellten sich Träume hinzu, die ohne Ende schienen und so unklar waren, dass ich mich ihrer Szenerie und der Personen nie entsinnen konnte und kaum auch eines Teils der Handlung. Und doch hinterließen sie einen schrecklichen Eindruck und eine tiefe Erschöpfung, wie eine große Anstrengung oder Gefahr. Von allen diesen Träumen blieb nach dem Erwachen eine Erinnerung, als sei ich irgendwo ganz nahe an einem überaus finsteren Ort gewesen, als hätte ich mit Menschen gesprochen, die ich nicht hatte sehen können; vor allem die Erinnerung an eine klare Stimme, die Stimme einer Frau, die langsam und sehr dunkel und wie aus weiter Ferne zu mir sprach und mich stets mit einem Gefühl unsagbarer Einsamkeit und Angst erfüllte. Zuweilen war es mir, als streiche eine Hand sanft über meine Wange und meinen Nacken, zuweilen, als küssten warme Lippen mich, und immer zärtlicher und länger, wenn sie meinen Hals erreichten, und schließlich schienen sie sich daran festzusaugen. Mein Herz schlug schneller, ich rang nach Luft; ein Keuchen, ein Gefühl, erwürgt zu werden, befiel mich, die Kehle krampfte sich zusammen und die Sinne schwanden mir.

Mein Vater fragte mich oft, ob ich krank sei; doch mit einem Starrsinn, der mir heute unerklärlich scheint, versicherte ich ihm, ganz wohlauf zu sein.

In einer Weise war das wahr. Ich hatte keine Schmerzen, und die Beschwerden, die mich plagten, waren nicht körperlicher Art. Es schien ein

Übel des Geistes zu sein, oder der Nerven, das ich, so schrecklich meine Qualen waren, ganz für mich behielt.

Es konnte nicht jenes furchtbare Übel sein, welches die Bauern den Vampir nennen, denn ich litt jetzt seit drei Wochen daran, und sie waren selten länger als drei Tage krank, bevor der Tod sie von ihrer Not erlöste.

Eines Nachts hörte ich statt jener Stimme, die im Dunkel zu mir zu sprechen pflegte, eine andere; sie war süß und zart und zugleich schrecklich, und sie sprach: »Deine Mutter lässt dir sagen, du sollst dich vor dem Ungeheuer hüten.« Im gleichen Augenblick strahlte plötzlich ein Licht auf, und ich sah Carmilla am Fuße meines Bettes stehen, in ihrem weißen Nachtgewand, vom Kopf bis zu den Füßen rot mit Blut befleckt.

Aufschreiend fuhr ich aus dem Schlaf, besessen nur von dem Gedanken, Carmilla sei ermordet. Ich weiß noch, dass ich aus dem Bett sprang, und das Nächste, des ich mich entsinne, ist, dass ich in der Halle stand, um Hilfe schreiend.

Madame und Mademoiselle stürzten erschreckt aus ihren Zimmern; im Licht der Lampe, die immer in der Halle brannte, sahen sie mich, und bald gestand ich ihnen den Grund meines Entsetzens.

Ich bestand darauf, an Carmillas Tür zu klopfen. Nichts rührte sich. Wir hämmerten daran und schrien ihren Namen, doch alles war vergebens. Die Tür war zugesperrt.

Angstvoll eilten wir in mein Zimmer und rissen lange und verzweifelt am Glockenstrang. Wäre meines Vaters Zimmer in diesem Teil des Schlosses gewesen, so hätten wir ihn sofort zu Hilfe geholt. Doch ach, er konnte uns nicht hören, und ihn aufzusuchen bedurfte einer Exkursion, die keiner von uns wagte.

Bald aber kamen Dienstboten die Treppe herabgerannt; ich hatte mir indessen Schlafrock und Pantoffeln angezogen, und meine Gefährtinnen waren ähnlich ausstaffiert. Sowie wir die Stimmen der Dienstboten in der Halle hörten, stürzten wir hinaus, und als wir noch einmal vergebens an Carmillas Tür geklopft, hieß ich die Männer das Schloss sprengen. Sie taten es, und wir standen, Kerzen in den Händen, in der Tür und starrten in den Raum.

Wir riefen wieder ihren Namen, doch es kam keine Antwort. Wir blickten uns im Zimmer um. Es war im gleichen Zustand, in dem ich, eine gute Nacht ihr wünschend, es verlassen hatte. Doch Carmilla war verschwunden.

Die Suche

Angesichts des Zimmers, das völlig unverändert war, beruhigten wir uns ein wenig, und bald hatten wir hinreichend unsere Beherrschung zurückgewonnen, um die Männer entlassen zu können. Mademoiselle hatte die Vermutung geäußert, dass Carmilla möglicherweise, erschreckt durch den Tumult vor ihrer Tür, im ersten Schrecken aus dem Bett gesprungen war und sich in einem Schrank verborgen hatte, oder hinter einem Vorhang, und nun natürlich nicht hervorkonnte, bevor der Majordomus und seine Helfer sich zurückgezogen hatten. Wir nahmen unsere Suche wieder auf und riefen laut nach ihr.

Es war alles nutzlos. Unsere Verwirrung und Erregung stiegen. Wir untersuchten die Fenster, doch sie waren verriegelt. Ich flehte Carmilla an, falls sie sich versteckt hielt, dem bösen Scherz ein Ende zu bereiten – hervorzukommen und unsere Ängste zu zerstreuen. Nichts geschah.

Es war schon vier Uhr morgens, und ich beschloss, die restlichen Stunden bis zum Hellwerden in Madames Zimmer zu verbringen. Das Tageslicht brachte keine Lösung des Rätsels.

Sämtliche Hausgenossen, am meisten natürlich mein Vater, waren am nächsten Morgen in größter Aufregung. Alle Teile des Schlosses und auch die Gärten und Anlagen wurden durchsucht, doch man fand keine Spur von Carmilla. Mein Vater war völlig außer sich – was sollte er der Mutter des armen Mädchens bei ihrer Rückkehr sagen? Auch ich war wie von Sinnen, doch war mein Kummer gänzlich anderer Art.

Von Unruhe und Beklemmung überschattet, verging der Vormittag. Es war jetzt schon ein Uhr; Carmilla blieb verschwunden. Ich lief hinauf zu ihrem Zimmer und fand sie vor ihrem Toilettetisch stehend. Ich war sprachlos. Ich traute meinen Augen nicht. Wortlos winkte sie mich zu sich. Tiefe Angst stand in ihrem Gesicht.

Von Freude überwältigt, lief ich zu ihr, schloss sie in die Arme und bedeckte ihr Gesicht mit Küssen. Dann stürzte ich zur Glocke und läutete heftig, um andere herbeizuholen, die sogleich die Sorge von meinem Vater nehmen sollten.

»Liebste Carmilla, wo bist du nur die ganze Zeit gewesen? Wir haben die furchtbarsten Ängste um dich ausgestanden!«, rief ich. »Wo hast du gesteckt? Wie bist du hierher zurückgekehrt?«

»Die letzte Nacht war eine Nacht voller Wunder.«

»Um Himmels willen, erkläre dich!«

»Es war zwei Uhr vorbei«, sagte sie, »als ich zu Bett ging; die Türen zum Ankleideraum und zum Korridor hatte ich versperrt. Mein Schlaf war ungestört, und, soviel ich mich entsinne, traumlos; doch soeben erwachte ich im Ankleideraum auf dem Sofa, und die Tür zwischen den beiden Räumen war offen und die andere verschlossen. Wie kann dies alles nur geschehen, ohne dass ich erwachte? Es war bestimmt mit großem Lärm verbunden, und ich bin überaus leicht zu wecken; und wie bin ich von meinem Bett dorthin gelangt, ohne in meinem Schlaf gestört zu werden, ich, die das leiseste Geräusch aus tiefstem Schlummer reißt?«

Indessen waren Madame, Mademoiselle, mein Vater und eine Anzahl Dienstboten ins Zimmer getreten. Carmilla wurde, wie zu verstehen ist, mit Glückwünschen und Fragen überhäuft. Doch sie wusste den Übrigen nichts anderes zu berichten als mir und schien die Letzte zu sein, die sich einen Reim auf das Ganze machen konnte.

Mein Vater schritt nachdenklich im Zimmer auf und nieder. Ich bemerkte, wie Carmilla ihn einen

Augenblick mit einem scheuen, düsteren Blick verfolgte.

Als mein Vater die Dienstboten hinausgeschickt hatte, trat er mit ernster Miene zu Carmilla, nahm sehr behutsam ihre Hand, führte sie zum Sofa und setzte sich neben sie.

»Sie werden mir verzeihen, meine Liebe, dass ich eine Frage stelle?«

»Wer hätte wohl mehr Recht dazu als Sie?«, sagte Carmilla. »Fragen Sie, so viel Sie belieben, und ich will alles sagen. Aber es ist eine wirre, dunkle Geschichte, und ich weiß selbst so gut wie gar nichts. Fragen Sie, wonach Sie wollen. Doch Sie wissen ja, welche Beschränkungen meine Mama mir auferlegt hat.«

»Gewiss, mein liebes Kind. Ich werde die Dinge, über die sie uns zu schweigen bat, nicht antasten.«

Carmilla stützte müde den Kopf auf ihre Hand. Madame und ich lauschten atemlos.

»Nun, meine Frage ist diese: Bestand je Anlass zur Vermutung, dass Sie im Schlafe wandeln?«

»Niemals – seit meiner frühesten Kindheit nicht.«

»Doch als Kind sind Sie im Schlaf gewandelt?«

»Ja, das tat ich. Meine alte Amme hat es mir oft erzählt.«

Mein Vater lächelte und nickte.

»Nun, dann ist Folgendes geschehen: Sie erhoben sich im Schlaf, sperrten die Tür auf, ließen den Schlüssel jedoch nicht im Schloss stecken, sondern zogen ihn heraus und versperrten die Tür von außen und nahmen den Schlüssel mit in eins der fünfundzwanzig Zimmer in diesem Stock, oder vielleicht nach unten oder oben. Es gibt in diesem Haus so viele Räume und Schränke, so viele schwere Möbel und so viel angehäuften Plunder, dass man in einer ganzen Woche es nicht genau durchsuchen könnte. Verstehen Sie nun, was ich meine?«

»Ja, doch nicht ganz«, entgegnete Carmilla.

»Und wie, Papa, erklärst du dir, dass sie auf dem Sofa des Ankleideraums zu sich kam, das wir so sorgfältig durchsuchten?«

»Sie legte sich, noch immer schlafend, dorthin, nachdem ihr den Raum durchsucht hattet, und wachte schließlich auf und sah voll Staunen, wo sie sich befand. Ich wünschte, es gäbe für alle Rätsel eine so leichte und harmlose Lösung wie für dieses, Carmilla«, sagte er lachend.

Carmilla sah bezaubernd aus. Nichts konnte lieblicher sein als die Farbe ihres Teints, und ihre Schönheit, schien es mir, wurde durch jene anmutsvolle Trägheit, die ihr eigen war, noch gesteigert. Ich glaube, mein Vater verglich im Geiste ihr Äußeres mit dem meinen, denn er sagte:

»Ich wünschte, meine arme Laura sähe besser aus.«

So fand die ganze Aufregung ein gutes Ende, und Carmilla war uns zurückgegeben.

Der Arzt

Da Carmilla nichts davon wissen wollte, dass eine Dienstmagd bei ihr im Zimmer schlief, befahl mein Vater einem Diener, vor ihrer Tür zu schlafen, damit sie sich kein zweites Mal auf eine solche Exkursion begeben konnte.

In dieser Nacht geschah nichts; und früh am nächsten Morgen erschien der Doktor, den mein Vater, ohne mir ein Wort davon zu sagen, verständigt hatte, um mich zu untersuchen.

Ich erzählte ihm meine Geschichte, und er wurde immer ernster.

Er dachte eine Weile nach; dann fragte er Madame, ob er wohl meinen Vater sprechen könne.

Mein Vater kam sofort und sagte lächelnd, als er eintrat:

»Ich nehme an, Doktor, Sie wollen mir sagen, dass es töricht von mir war, Sie rufen zu lassen; hoffentlich war es das.«

Doch als der Doktor ihn mit ernster Miene zu sich winkte, schwand sein Lächeln.

Die beiden sprachen eine Weile miteinander in der gleichen Fensternische, in der der Doktor sich mit mir unterhalten hatte. Es schien ein eingehendes und angeregtes Gespräch zu sein. Der Raum ist sehr groß, und Madame und ich standen, brennend vor Neugier, am andern Ende. Wir konnten jedoch kein Wort verstehen, denn sie sprachen in sehr leisem Ton, und die tiefe Nische verbarg den Doktor unserm Blick, und fast auch meinen Vater, von dem wir nur Fuß, Arm und Schulter sehen konnten.

Nach einer Weile blickte mein Vater zu uns herüber; sein Gesicht war blass und nachdenklich und, wie mir schien, erregt.

»Laura, Liebste, komm einen Augenblick zu uns. Madame, der Doktor meint, wir brauchen Sie nicht zu inkommodieren.«

Mein Vater hielt mir seine Hand entgegen, als ich näher trat, doch er sah dabei den Doktor an und sagte:

»Gewiss, es ist sehr merkwürdig; ich kann es mir nicht recht erklären. Komm, Laura, fasse dich und höre Doktor Spielsberg gut zu.«

»Sie sagten, Sie hätten in jener Nacht, als Sie den ersten bösen Traum hatten, ein Gefühl gehabt, als ob zwei Nadeln irgendwo an Ihrem Hals die Haut durchbohrten. Spüren Sie heute dort noch einen Schmerz?«

»Nicht den mindesten«, erwiderte ich.

»Würden Sie bitte mit dem Finger auf die Stelle deuten?«

»*Hier* – gleich unter meiner Kehle«, sagte ich.

Ich trug einen Morgenmantel, der die Stelle, auf die ich deutete, verhüllte.

»Nun überzeugen Sie sich selbst«, sagte der Doktor zu meinem Vater. Dann wandte er sich wieder an mich: »Sie haben sicher nichts dagegen, wenn Ihr Herr Papa den Mantel ein wenig öffnet, damit er ein Symptom der Krankheit betrachten kann, unter der Sie leiden.«

Ich willigte ein. Die Stelle war einen oder zwei Zoll unter meinem Kragen.

»Mein Gott – es stimmt!«, rief mein Vater und erblasste.

»Nun sehen Sie's mit eigenen Augen«, sagte der Doktor triumphierend.

»Was ist denn da?«, rief ich. Angst packte mich.

»Nichts, meine liebe junge Dame, nur ein kleiner blauer Fleck, etwa so groß wie die Spitze Ihres kleinen Fingers«, und sich Papa zuwendend, fuhr er fort: »Die Frage ist: Was sollen wir am besten tun?«

»Bin ich denn in Gefahr?«, rief ich zutiefst bestürzt.

»Ich glaube nicht«, erwiderte der Doktor. »Ich

wüsste nicht, warum Sie sich nicht wieder ganz erholen sollten. Ist dies die Stelle, an der Sie sich gewürgt fühlten?«

»Ja«, sagte ich.

»Und – versuchen Sie sich bitte so gut wie möglich zu erinnern – von der gleichen Stelle ging jener Schauder aus, den Sie mir eben schilderten – jenes Gefühl, als ob ein kalter Strom Sie packte?«

»Ja, ich glaube.«

Der Doktor rief Madame zu sich und sagte:

»Mit unserer jungen Freundin steht's leider gar nicht gut. Es ist, wie ich hoffe, nichts Ernstliches; doch ihr Zustand erfordert verschiedene Maßnahmen, die ich Ihnen nach und nach erklären werde; vorläufig, Madame, sorgen Sie doch bitte dafür, dass Fräulein Laura nicht einen Augenblick allein bleibt. Dies ist die einzige Anweisung, die ich im Moment zu geben habe. Sie ist peinlichst zu befolgen.«

»Wir wissen, dass wir uns auf Sie verlassen können, Madame«, fügte mein Vater hinzu.

Madame pflichtete ihm eifrig bei.

»Und du, liebe Laura, musst mir versprechen, dich daran zu halten.«

Ich nickte, und mein Vater wandte sich dem Doktor zu.

»Ich würde gern noch Ihre Meinung über eine

andere Patientin hören, deren Symptome denen meiner Tochter, wie sie sie Ihnen eben schilderte, leicht ähneln – sie sind bei ihr zwar nicht so stark, doch ziemlich von der gleichen Art. Es ist die junge Dame, die bei uns zu Gast ist. Da Sie, wie Sie sagten, Ihr Weg heute Abend noch einmal hier vorbeiführt, möchte ich Sie bitten, Ihr Abendessen bei uns einzunehmen und bei dieser Gelegenheit sie anzusehen. Sie kommt vor Mittag nie herunter.«

»Besten Dank«, sagte der Doktor. »Ich werde also gegen sieben Uhr abends hier sein.«

Der Doktor ging. Ich sah, wie er sein Pferd bestieg und ostwärts durch den Wald davonritt. Im gleichen Augenblick traf der Mann aus Dranfeld mit der Briefpost ein, stieg ab und händigte den Beutel meinem Vater aus.

Nach etwa einer halben Stunde trat mein Vater – einen Brief in der Hand – ins Zimmer und sagte:

»Dieser Brief kam verspätet – er ist von General Spielsdorf. Er kündigt darin seine Ankunft für gestern an; vielleicht kommt er nun heute oder morgen.«

Er reichte mir den offenen Brief; doch er sah nicht erfreut drein wie sonst, wenn er einen Gast, besonders einen so geschätzten wie den General, erwartete. Im Gegenteil, er machte eine Miene, als wünschte er ihn auf den Grund des Roten Meeres.

Ich spürte, dass ihm etwas auf der Seele lastete, das er mir nicht enthüllen mochte.

»Hält der Doktor mich für sehr krank?«

»Nein, Liebstes; er glaubt, dass du, wenn man die rechten Schritte unternimmt, in ein oder zwei Tagen wieder ganz gesund sein wirst, oder doch zumindest auf dem besten Weg zur völligen Genesung«, erwiderte er ein wenig kühl. »Ich wünschte, unser guter Freund, der General, hätte einen anderen Zeitpunkt für seinen Besuch gewählt, einen, zu dem du ihn ganz wiederhergestellt empfangen könntest.«

»Oh, sag mir doch, Papa«, beharrte ich, »was glaubt er, dass mir fehlt?«

»Nichts; quäl mich bitte nicht mit solchen Fragen«, sagte er, gereizter, als ich jemals ihn gesehen; doch als er merkte, wie sein Ton mich traf, küsste er mich und setzte hinzu: »In ein, zwei Tagen werde ich dir alles sagen – das heißt, alles, was ich selbst weiß. Bis dahin mach dir bitte keine Sorgen.«

Er wandte sich ab und verließ das Zimmer, kam jedoch zurück, bevor ich noch sein seltsames Benehmen überdenken konnte; er tat es nur, um mir zu sagen, dass er nach Karnstein führe und dass er den Wagen für zwölf Uhr befohlen habe. Ich und Madame sollten ihn begleiten; er wolle den Pfarrer besuchen, der in dieser malerischen Gegend wohne, um einiges mit ihm zu besprechen, und da Carmilla noch nie dort gewesen sei, solle sie, sobald sie herunterkäme, uns mit Mademoiselle folgen – wir würden in der Schlossruine ein Picknick halten.

Ich war um zwölf Uhr pünktlich fertig, und bald danach brachen mein Vater, Madame und ich zu unserem Ausflug auf. Nach Überquerung der Zugbrücke bogen wir nach rechts ab und folgten der Straße, die nach Westen zu dem verlassenen Dorf und der Ruine Karnstein führt.

Man kann sich keine schönere Fahrt denken. Das Land ist sanft gewellt, und herrlicher Wald bedeckt die Höhen und Täler. Um steilere Hügel windet die Straße sich herum, und als wir um eine dieser Kurven bogen, begegneten wir plötzlich unserem alten Freund, dem General. Hoch zu Ross, begleitet von einem berittenen Diener, kam er uns entgegen. Sein Gepäck folgte mit einer Kutsche.

Wir hielten, der General stieg ab und ließ sich nach der herzlichen Begrüßung leicht dazu bewegen, den leeren Platz in unserem Wagen einzunehmen und das Pferd mit seinem Diener voraus zum Schloss zu schicken.

Schmerzlicher Verlust

Es waren kaum zehn Monate vergangen, seit wir ihn zum letzten Mal gesehen hatten; doch er schien in dieser Zeit um Jahre gealtert. Er war abgemagert, und seine einst so heiteren, freundlichen Züge spiegelten nun Gram und Sorge. Seine dunkelblauen, früher stets klaren Augen glommen düster unter den zottigen weißen Brauen. Nicht Kummer allein konnte eine solche Wandlung bewirkt haben; auch Zorn und Groll hatten, wie es schien, ihren Anteil daran.

Wir hatten die Fahrt kaum fortgesetzt, als uns der General mit der ihm eigenen soldatischen Offenheit von dem schmerzlichen Verlust berichtete, den er durch den Tod seiner geliebten Nichte erlitten hatte; sodann erwähnte er in einem Ton voll tiefer Bitternis und Wut die »höllischen Künste«, denen sie zum Opfer gefallen, und tat mit mehr Grimm als Frömmigkeit seine Verwunderung darüber kund, dass der Himmel solch schändliches und teuflisches Treiben duldete.

Mein Vater, der sogleich vermutete, dass etwas äußerst Ungewöhnliches vorgefallen war, bat ihn, falls ihm dies nicht allzu schmerzlich sei, doch die Geschehnisse näher zu schildern, denen zufolge er sich zu so starken Worten berechtigt fühlte.

»Ich will dir alles mit größtem Vergnügen erzählen«, sagte der General, »doch du wirst mir bestimmt nicht glauben.«

»Warum sollte ich nicht?«, fragte mein Vater.

»Weil du«, erwiderte der General, »nichts glaubst, was nicht mit deinen Vorurteilen und Illusionen übereinstimmt. Ich war einmal genau wie du, doch ich wurde eines Besseren belehrt.«

»Stell mich doch auf die Probe«, sagte mein Vater, »ob ich solch ein Dogmatiker bin, wie du annimmst. Übrigens ist mir sehr wohl bekannt, dass du im Allgemeinen deinen Glauben nur auf Beweise stützest, und schon deshalb bin ich durchaus geneigt, deine Überzeugung zu respektieren.«

»Du vermutest ganz zu Recht, dass ich mich nicht leichtfertig dazu verführen ließ, an Wunder zu glauben – denn was ich erlebt habe, kann ich nur ein Wunder nennen –, doch ungewöhnliche Beweise zwangen mich dazu, etwas zu glauben, das allen meinen Theorien gänzlich zuwiderlief. Ich war das Opfer einer Verschwörung übernatürlicher Mächte.«

Ich bemerkte, wie mein Vater trotz seiner Versicherungen, der Urteilskraft des Generals zu trauen, auf diese Worte hin den General mit einem Blick betrachtete, der ernste Zweifel an dessen geistiger Gesundheit auszudrücken schien.

Der General sah es zum Glück nicht. Er blickte düster auf die Lichtungen und Schneisen des Waldes, die sich vor uns auftaten.

»Du fährst zur Schlossruine Karnstein?«, sagte er. »Das trifft sich ausgezeichnet; ich wollte ohnedies dorthin, um sie zu untersuchen; das heißt, einen ganz bestimmten Teil davon. Es gibt doch dort eine verfallene Kapelle, stimmt's? – mit einer großen Zahl von Gräbern der erloschenen Familie?«

»Ganz recht«, erwiderte mein Vater. »Wie interessant. Gedenkst du Anspruch zu erheben auf Titel und Besitz?«

Mein Vater sagte dies in scherzhaftem Ton, doch der General erwiderte sein Lächeln nicht, wie es die Höflichkeit erfordert hätte; im Gegenteil, er blickte finster, ja wütend drein, als grübele er zornig und voll Widerwillen über etwas nach.

»Durchaus nicht«, erwiderte er schroff. »Ich gedenke einige dieser feinen Herrschaften auszugraben. Mit Gottes Hilfe will ich einen frommen Frevel begehen, der unsere Erde von gewissen Ungeheuern befreien und ehrbare Menschen in die

Lage versetzen soll, in ihren Betten ruhig zu schlafen, ohne von Mördern angefallen zu werden. Ich habe dir seltsame Dinge zu berichten, mein Freund, die ich selbst vor einigen Monaten noch als unglaublich verworfen hätte.«

Mein Vater sah ihn wieder an, doch diesmal nicht voll Misstrauen, sondern erschrocken und bestürzt.

»Die Familie Karnstein«, sagte er, »ist schon lange ausgestorben, mindestens seit hundert Jahren. Meine liebe Frau stammte mütterlicherseits von ihr ab. Doch Name und Titel sind längst erloschen. Das Schloss ist eine Ruine, das Dorf verlassen; fünfzig Jahre ist es her, dass dort aus einem Schornstein Rauch stieg; kein einziges Dach ist ganz.«

»Stimmt genau. Ich habe viel davon gehört, seit ich dich zuletzt sah; vieles, das dich sehr erstaunen wird. Doch ich will lieber alles von Anfang an berichten«, sagte der General. »Du kanntest ja mein liebes Mündel, meine Nichte – mein Kind, wie ich wohl sagen darf. Es gab kein schöneres Geschöpf, kein blühenderes vor noch drei Monaten.«

»Ja, welch ein Jammer! In der Tat, sie war höchst lieblich, als ich sie zum letzten Male sah«, sagte mein Vater. »Mein Schmerz und mein Entsetzen waren größer, als ich es dir sagen kann, mein lieber Freund; ich weiß, wie sehr es dich getroffen hat.«

Er nahm die Hand des Generals, und sie tauschten einen zarten Druck. Tränen standen in des alten Soldaten Augen. Er suchte sie nicht zu verbergen. Er sagte:

»Wir sind so lange schon befreundet; ich wusste, was du für mich fühlst, mich kinderlosen Mann. Ihr gehörte meine ganze Liebe, und sie vergalt sie mir mit einer Neigung, die mein Heim erhellte und mich glücklich machte. Das alles habe ich verloren. Mir sind wohl nicht mehr viele Jahre auf Erden zugemessen; doch mit Gottes Gnade hoffe ich, der Menschheit vor meinem Tode einen Dienst noch zu erweisen und die Rache des Himmels auf die Bestien herniederzubeschwören, die mein armes Kind in seiner Schönheit und Unschuld Blüte ermordeten!«

Wir hatten indessen die Stelle erreicht, an der die Straße nach Drunstall, auf welcher der General gekommen war, von jener nach Karnstein abzweigt.

»Wie weit ist es bis zur Schlossruine?«, fragte der General, ungeduldig um sich blickend.

»Etwa zwei Meilen«, erwiderte mein Vater. »Erzähle bitte die Geschichte, die du uns versprachst.«

Die Geschichte

Ich brenne darauf«, stieß der General mühsam hervor; und nach einer kurzen Pause des Überlegens begann er eine der seltsamsten Geschichten, die ich je gehört.

»Mein liebes Kind blickte mit großer Freude dem Besuch entgegen, den sie dank deiner freundlichen Einladung deiner bezaubernden Tochter abstatten sollte.« Er machte eine galante, doch melancholische Verneigung vor mir. »Wir beschlossen, vorher noch einer Einladung meines alten Freundes, des Grafen Carlsfeld, Folge zu leisten, dessen Schloss zwanzig Meilen jenseits von Karnstein liegt. Er bat mich, an den Festen teilzunehmen, die er, wie du dich entsinnen wirst, zu Ehren seines illustren Gastes, Großherzog Karls, gab.«

»Ja, sie waren, wie ich hörte, überaus prächtig«, sagte mein Vater.

»Fürstlich! Die Nacht, die mir mein Unglück brachte, war einem herrlichen Maskenfest gewidmet. Es fand im Park statt, die Bäume hingen voller farbiger Laternen. Es gab ein Feuerwerk, wie selbst Paris es wohl noch nie gesehen hat. Und die Musik – Musik ist meine Schwäche, wie du weißt – hinreißend! Die besten Instrumentalisten der Welt, die besten Sänger der größten Opernhäuser von Europa. Durchwanderte man die phantastisch illuminierten Gärten, darüber das Schloss aufragte, die langen Fensterreihen rötlich schimmernd, so stiegen unversehens diese zauberhaften Stimmen aus der Stille eines Hains oder von Booten auf dem See.

Nach einem Feuerwerk begann der Ball, und wir begaben uns in die prunkvolle Suite von Räumen, in denen man tanzte. Ein Maskenball ist, wie du weißt, ein schönes Bild; doch ein so prächtiges Schauspiel sah ich nie zuvor.

Mein liebes Kind war unbeschreiblich schön. Sie trug keine Maske. Erregung und Entzücken verliehen ihren Zügen einen Charme, der sie noch lieblicher erscheinen ließ als sonst. Ich bemerkte eine junge Dame, kostbar gekleidet und maskiert, die meine Nichte ungewöhnlich interessiert betrachtete. Ich hatte sie früher schon gesehen, in der großen Halle, und dann noch einmal, für ein paar Minuten, auf der Terrasse, wo sie ebenfalls, in unserer Nähe stehend, den Blick auf meine Nichte richtete. Eine Dame, gleich ihr maskiert und elegant und streng gekleidet, von vornehmer Haltung wie eine

Person von Rang, war ihre Begleiterin. Hätte die junge Dame keine Maske getragen, so wäre es mir natürlich viel leichter gefallen zu entscheiden, ob sie meinen armen Liebling wirklich beobachtete. Heute bin ich ganz sicher, dass sie es tat.

Wir waren jetzt in einem der Salons. Mein armes liebes Kind hatte getanzt und ruhte sich ein wenig in einem der Sessel an der Türe aus; ich stand neben ihr. Die beiden Damen näherten sich uns, und die jüngere ließ sich auf dem Sessel neben meiner Nichte nieder, während ihre Begleiterin zu mir trat und nach einer kleinen Weile mit leiser Stimme ein paar Worte an ihren Schützling richtete.

Das Privileg, das ihr die Maske gab, in Anspruch nehmend, wandte sie sich mir zu und begann in einem Ton, als sei sie eine alte Freundin, und mich bei meinem Namen nennend ein Gespräch, das meine Neugier reizte. Sie sprach von dem und jenem Anlass, da sie mich getroffen – bei Hofe und in distinguierten Häusern. Sie spielte auf Ereignisse an, die ich längst vergessen wähnte, die in Wirklichkeit jedoch nur in meinem Gedächtnis ruhten, denn sowie sie sie berührte, erwachten sie sogleich zum Leben.

Indessen hatte die junge Dame, welche ihre Mutter, als welche sie sie ein- oder zweimal ansprach, bei dem seltsamen Namen Millarca nannte, mit der gleichen Ungezwungenheit und Anmut meine Nichte in ein Gespräch gezogen.

Sie führte sich bei ihr ein, indem sie sagte, ihre Mutter sei seit langem schon mit mir bekannt. Sie sprach davon, welch angenehme Keckheit eine solche Maske gestattete; sie sprach wie eine Freundin; sie bewunderte ihr Kleid und sagte ihr sehr hübsche Schmeicheleien über ihre Schönheit. Sie war sehr amüsant und witzig, und nach einer Weile hatten die beiden sich sehr gut angefreundet, und die junge Unbekannte lüpfte ihre Maske und zeigte ein Gesicht von außerordentlicher Schönheit. Ich hatte es, ebenso wie mein liebes Kind, noch nie zuvor gesehen, doch seine Züge waren so lieblich und gewinnend, dass es unmöglich war, sich seinen Reizen zu entziehen.

Indes bestürmte ich, das Vorrecht einer Maskerade nützend, die ältere Dame mit nicht wenigen Fragen.

›Sie haben mich zutiefst verwirrt‹, sagte ich lachend. ›Genügt das nicht? Wollen Sie jetzt nicht, da wir uns so gut kennen, mir den Gefallen tun, die Maske abzunehmen?‹

›Welch törichtes Begehren!‹, erwiderte sie. ›Eine Dame zu bitten, einen Vorteil aufzugeben! Wie können Sie übrigens so sicher sein, mich zu erkennen? Die Zeit verwandelt.‹

›Wie Sie sehen‹, sagte ich, mich verbeugend und, wie ich glaube, mit einem leisen, traurigen Lachen.

›Wie die Philosophen uns sagen‹, erwiderte sie; ›und woher wollen Sie wissen, dass ein Blick auf mein Gesicht Ihnen nützen würde?‹

›Das wäre einen Versuch wert‹, erwiderte ich. ›Ihr Bemühen, sich zu einer alten Frau zu machen, ist vergebens; Ihre Figur verrät Sie.‹

›Trotzdem, es ist Jahre her, seit ich Sie sah, oder besser, seit Sie mich sahen. Millarca dort ist meine Tochter; ich kann deshalb nicht jung sein, auch nicht in den Augen von Menschen, welche die Zeit gelehrt, Nachsicht zu üben. Wer weiß, ob ein Vergleich mit dem, was ich gewesen bin, woran Sie sich erinnern, zu meinen Gunsten ausschlägt. Sie haben keine Maske abzunehmen. Sie können mir nichts dafür bieten.‹

›Ich appelliere an Ihr Mitgefühl, sie abzunehmen.‹

›Und ich an das Ihre, sie mir zu lassen.‹

›Eins können Sie mir aber nicht verwehren‹, sagte ich, ›– mich, da Sie mir nun schon die Ehre erweisen, mit mir zu sprechen, darüber aufzuklären, wie ich Sie nennen soll. Frau Gräfin?‹

›Was das betrifft –‹, begann sie; doch im gleichen Augenblick wurde sie unterbrochen von einem Herrn, in Schwarz gekleidet, der äußerst elegant und vornehm wirkte, dessen Gesicht jedoch die tiefste Blässe zeigte, die ich je gesehen habe, es sei denn bei Toten. Er war nicht maskiert, und er sagte ohne Lächeln, doch indem er sich höflich und ungewöhnlich tief verbeugte:

›Würde die Frau Gräfin mir gestatten, Ihr ein paar Worte zu sagen, die Sie sicher interessieren dürften?‹

Die Dame wandte sich rasch zu ihm um und legte ihren Finger auf die Lippen; dann sagte sie zu mir: ›Halten Sie mir doch bitte meinen Platz frei, General; ich komme gleich zurück.‹

Nach dieser Bitte trat sie mit dem Herrn in Schwarz ein Stück zur Seite und sprach ein paar Minuten mit ihm, wie es schien, sehr ernst. Sodann entfernten sie sich und gingen langsam durch die Menge, und ich verlor sie eine Weile aus den Augen.

Ich nützte diese Unterbrechung und überlegte angestrengt, wer diese Dame sein mochte, die sich meiner so gut zu entsinnen schien, und wollte eben zu meiner Nichte und der Tochter der Gräfin treten, um mich in ihr Gespräch zu mischen, doch in diesem Augenblick kam sie zurück, begleitet von dem Herrn in Schwarz, der sagte:

›Ich werde die Frau Gräfin holen, wenn Ihr Wagen vor der Tür steht.‹

Mit einer Verbeugung zog er sich zurück.

Eine Bitte

›Wir werden also die Frau Gräfin verlieren, doch ich hoffe, nur für wenige Stunden‹, sagte ich, mich tief verneigend.

›Mag sein; es kann jedoch auch ein paar Wochen dauern. Ich bedaure es sehr. Wissen Sie jetzt, wer ich bin?‹

Ich versicherte ihr, es nicht zu wissen.

›Sie werden es bald erfahren‹, sagte sie, ›doch jetzt noch nicht. Wir kennen einander länger und besser, als Sie vielleicht vermuten. Ich kann mich noch nicht offenbaren. Doch in drei Wochen komme ich in die Nähe Ihres schönen Schlosses, über das ich Erkundigungen eingezogen habe. Dann werde ich Sie für eine Stunde oder zwei besuchen und eine Freundschaft erneuern, mit der sich mir unzählige Erinnerungen von angenehmster Art verbinden. In diesem Augenblick erfuhr ich eine Nachricht, die mich wie ein Blitzstrahl traf. Sie zwingt mich, unverzüglich aufzubrechen und eine weite Reise von mehreren hundert Meilen zu unternehmen. Ich bin in äußerster Verlegenheit. Obgleich die Umstände mir nicht erlauben, mich Ihnen zu erkennen zu geben, wage ich es dennoch, eine höchst ungewöhnliche Bitte an Sie zu richten. Mein armes Kind war krank und ist noch sehr von Kräften. Sie ist mit ihrem Pferd gestürzt, bei einer Jagd, an der teilzunehmen sie sich nicht nehmen ließ; ihre Nerven haben den Schreck noch nicht recht verwunden, und unser Arzt hat ihr für geraume Zeit jegliche Anstrengung streng untersagt. Wir sind deshalb hierhergekommen, in Etappen, die zu bewältigen ihr leichtfiel – höchstens zwanzig Meilen pro Tag. Nun muss ich Tag und Nacht reisen; es ist eine Mission, bei der es um Leben und Tod geht, eine Mission, deren Gefährlichkeit und Wichtigkeit ich Ihnen erst erklären werde können, wenn wir uns, wie ich hoffe, in ein paar Wochen wiedersehen.‹

Sie drang in mich, und dies im Ton eines Menschen, der einen Gefallen nicht erbat, sondern mir einen solchen zu erweisen trachtete. Das Ganze lief darauf hinaus, dass ich ihre Tochter während ihrer Abwesenheit in meine Obhut nehmen sollte. Dies war, wenn man die Umstände bedenkt, ein seltsames, wenn nicht gar verwegenes Ersuchen. Sie entwaffnete mich sozusagen, indem sie alles, was dagegen einzuwenden war, selbst eingestand und ganz auf meine Ritterlichkeit setzte. Im gleichen Augenblick wollte es das Verhängnis, dass meine arme Nichte zu mir trat und mir ins Ohr flüsterte, ich solle doch Millarca, ihre neue Freundin, zu uns aufs Schloss einladen. Sie sei sicher, sie würde, wenn ihre Mama es ihr erlaube, nur zu gern kommen.

Zu jeder andern Zeit hätte ich sie gebeten, doch ein wenig abzuwarten, so lange zumindest, bis wir wussten, mit wem wir es zu tun hatten. Doch mir blieb nicht einmal Gelegenheit, darüber nachzudenken. Die beiden Damen bestürmten mich gemeinsam, und ich muss gestehen, das vornehme und schöne Gesicht der jungen Dame, das ebenso wie ihre Eleganz und ihr Betragen ungemein gewinnend war, stimmte mich um; ich erklärte mich, viel zu leichtfertig, bereit, die junge Dame, die ihre Mutter Millarca nannte, bei uns aufzunehmen.

Die Gräfin winkte ihre Tochter zu sich, und diese lauschte ernst und aufmerksam, als sie ihr sagte, dass äußerst dringende Geschäfte sie zwängen, plötzlich abzureisen, und dass sie mit mir ausgemacht, sie meiner Obhut anzuvertrauen, wobei sie nicht vergaß, sie darauf hinzuweisen, dass ich einer ihrer ältesten und meistgeschätzten Freunde sei.

Sodann erschien der Herr in Schwarz und geleitete die Dame mit größter Förmlichkeit aus dem Raum.

Das Gebaren dieses Herrn erfüllte mich mit der Überzeugung, dass die Gräfin eine Dame von viel größerer Bedeutung sei, als ihr bescheidener Titel allein vermuten ließ.

Ihre letzte Bitte an mich lautete, ich möge bis zu ihrer Rückkehr nicht versuchen, mehr über sie zu erfahren, als ich bereits vermuten mochte. Unser hoher Gastgeber, bei dem sie zu Besuch weile, kenne ihre Gründe.

›Doch hier‹, so sagte sie, ›wäre weder ich noch meine Tochter länger in Sicherheit. Ich nahm vor etwa einer Stunde unklugerweise kurz meine Maske ab und bildete mir ein, Sie hätten mich gesehen. Deshalb beschloss ich, die Gelegenheit zu suchen, Sie zu sprechen. Hätte ich herausgefunden, dass Sie mich wirklich sahen, so hätte ich Sie, an Ihr Ehrgefühl appellierend, gebeten, mein Geheimnis für ein paar Wochen zu bewahren. Ich bin sehr froh, dass Sie mich nicht gesehen haben; doch wenn Sie nun vermuten, wer ich bin, oder nach längerer Überlegung dies ahnen sollten, so verlasse ich mich gleicherweise ganz auf Ihr Ehrgefühl.

Meine Tochter wird ebenfalls Verschwiegenheit bewahren, und ich bin sicher, Sie werden sie, falls sie gedankenlos darüber plaudern sollte, zeitgerecht ermahnen.‹

Sie flüsterte ihrer Tochter ein paar Worte zu,

küsste sie zweimal hastig und eilte fort, begleitet von dem bleichen Herrn in Schwarz.

›Im nächsten Raum‹, sagte Millarca, ›ist ein Fenster, von dem man auf das Schlosstor sehen kann. Ich würde Mama gern nachschauen und ihr zum Abschied winken.‹

Wir stimmten ihr natürlich zu und brachten sie zum Fenster. Als wir hinunterblickten, sahen wir eine hübsche altmodische Kutsche und mehrere Kuriere und Bedienstete. Wir sahen die hagere Gestalt des bleichen Herrn in Schwarz. Er legte ihr einen samtenen Mantel um die Schultern und streifte die Kapuze über ihren Kopf. Sie nickte ihm zu und berührte flüchtig seine Hand. Er verbeugte sich mehrmals tief, als man die Tür schloss, und die Kutsche rollte los.

›Sie ist fort‹, sagte Millarca seufzend.

›Sie ist fort‹, wiederholte ich im Geiste, erst jetzt die Torheit meiner Tat bedenkend.

›Sie hat nicht einmal aufgeblickt‹, sagte die junge Dame traurig.

›Die Gräfin hatte vielleicht ihre Maske abgenommen und wollte ihr Gesicht nicht zeigen‹, sagte ich; ›auch wusste sie ja nicht, dass Sie am Fenster stehen.‹

Sie sah mich seufzend an. Sie war so schön, dass ich mich fügte. Es tat mir leid, dass meine Gastfreundschaft mich einen Augenblick gereut hatte, und ich beschloss, mein mürrisches Betragen wiedergutzumachen.

Die junge Dame setzte wieder ihre Maske auf, und sie und meine Nichte baten mich, uns wieder in den Garten zu begeben, wo das Konzert bald fortgesetzt werden sollte. Millarca gab sich bald sehr zutraulich und amüsierte uns mit allerlei Geschichten von den vornehmen Leuten, die wir auf der Terrasse sahen. Sie gefiel mir von Minute zu Minute besser.

Der Ball fand erst ein Ende, als die Morgensonne fast den Horizont erreichte. Dem Großherzog beliebte es, so lange zu tanzen, und deshalb konnten seine Gäste nicht daran denken, sich zu entfernen.

Wir waren eben durch einen überfüllten Salon gegangen, als meine Nichte mich fragte, wo denn Millarca geblieben sei. Ich war der Meinung, sie sei neben ihr, und sie war überzeugt, sie sei an meiner Seite. Voll Bestürzung merkten wir, dass wir sie verloren hatten.

Vergeblich suchte ich nach ihr. Ich fürchtete, dass sie, für einen Augenblick von uns getrennt, irrtümlich andere Leute für uns gehalten hatte; vielleicht war sie ihnen gefolgt und hatte sie in den ausgedehnten Gärten verloren.

Der Morgen brach an. Es war schon taghell, als ich die Suche aufgab. Bis zum nächsten Tag gegen zwei Uhr hörten wir nichts von meinem Schützling.

Etwa um diese Zeit klopfte ein Diener an die Tür meiner Nichte und berichtete ihr, eine junge Dame sei höchst aufgeregt erschienen und habe ihn gefragt, wo sie General Spielsdorf und seine Tochter finden könne, deren Obhut sie ihre Mutter übergeben habe.

Es gab keinen Zweifel, unsere junge Freundin war wiederaufgetaucht. Gebe der Himmel, wir hätten sie verloren!

Sie erzählte meinem armen Kind eine seltsame Geschichte, um ihr langes Ausbleiben zu erklären. Sie sei, verzweifelt nach uns suchend, zu später Stunde ins Zimmer der Haushälterin geraten und dort in einen tiefen Schlaf gesunken, der, so lange er dauerte, kaum ausgereicht habe, sie nach den Anstrengungen des Balles wieder zu Kräften zu bringen.

Noch am gleichen Tag fuhren wir mit Millarca heim. Ich war trotz allem herzlich froh, für meine liebe Nichte eine so reizende Gefährtin gefunden zu haben.

Der Holzfäller

Bald aber stiegen erneut Zweifel in mir auf. Was mich vor allem beunruhigte, war, dass Millarca über große Schwäche klagte – sie schrieb sie ihrer überstandenen Krankheit zu – und dass sie meistens erst am Nachmittag aus ihrem Zimmer kam. Sodann entdeckte man zufällig, dass sie, obgleich sie ihre Tür stets von innen zuzusperren pflegte, zuweilen frühmorgens oder auch später, zu Zeiten, da sie noch nicht gestört werden wollte, nicht in ihrem Zimmer war. Wiederholt sah man sie von den Fenstern des Schlosses aus im ersten schwachen Morgengrau in östlicher Richtung zwischen den Bäumen gehen, wie in Trance versunken. Dies ließ mich glauben, dass sie im Schlaf wandelte. Doch diese Annahme löste nicht das Rätsel. Wie konnte sie ihr Zimmer verlassen, wenn die Tür von innen versperrt blieb? Wie kam sie aus dem Haus, ohne Tür oder Fenster zu öffnen?

Zu all dem kam noch eine Sorge viel quälenderer Art.

Mein liebes Kind begann zu kränkeln, und dies auf eine so geheimnisvolle, ja grauenhafte Weise, dass ich es ernstlich mit der Angst bekam.

Anfangs wurde sie von fürchterlichen Träumen heimgesucht; dann, wie sie glaubte, von einem Geist, der einmal Millarca glich, und einmal einem ungeheuren Tier, das sie ganz deutlich den Fußteil ihres Betts umschleichen sah. Schließlich befielen sie merkwürdige Gefühle. Eins, sagte sie, sei nicht unangenehm, doch äußerst seltsam; es war, als brande ein eisiger Strom an ihre Brust. Wenig später spürte sie einen stechenden Schmerz, als ob zwei große Nadeln unter ihrer Kehle sie durchbohrten, und einige Nächte danach ein Gefühl, als würde sie langsam erwürgt; dann wurde sie bewusstlos.«

Man kann sich denken, wie unheimlich mir wurde, als ich hörte, wie sehr meine eigenen Symptome jenen des armen Mädchens glichen, die, hätte nicht das Ganze so schlimm geendet, jetzt zu Gast auf meines Vaters Schloss gewesen wäre. Und man kann sicher auch vermuten, was ich fühlte, als ich ihn mysteriöse Eigenheiten schildern hörte, welche in der Tat die unseres schönen Gastes – Carmillas! – waren.

Der Wald tat sich nun vor uns auf; wir waren

plötzlich unter den Kaminen und Giebeln des verlassenen Dorfes, und über uns ragten, von riesigen Bäumen umgeben, die Türme und Zinnen des verfallenen Schlosses empor.

Wie in einem Schreckenstraum stieg ich aus dem Wagen – schweigend, denn wir alle waren tief in Gedanken versunken. Wir erklommen eine Anhöhe und befanden uns bald zwischen den weiten Sälen, gewundenen Treppen und finsteren Korridoren des Schlosses.

»Und dies war einst die prächtige Residenz der Karnsteins!«, rief endlich der General, aus einem großen Fenster auf das Dorf und auf den weitgedehnten Wald hinunterblickend. »Es war eine nichtswürdige Familie, deren blutbefleckte Annalen hier geschrieben wurden«, fuhr er fort. »Es ist kaum zu fassen, dass sie jetzt noch, nach dem Tod, fortfahren, die Menschen mit ihren abscheulichen Gelüsten zu quälen. Dort unten ist sie, die Kapelle der Karnsteins.«

Er deutete auf die grauen Mauern des gotischen Gebäudes, die, ein Stück den Hügel hinab, durch das Laub schimmerten. »Ich höre die Axt eines Holzfällers zwischen jenen Bäumen«, setzte er hinzu. »Vielleicht kann er uns Auskunft geben und das Grab Mircallas, der Gräfin Karnstein, zeigen.«

»Wir haben ein Porträt Mircallas, der Gräfin

Karnstein, im Schloss; möchtest du es sehen?«, fragte mein Vater.

»Das hat Zeit, mein lieber Freund«, entgegnete der General. »Ich glaube, dass ich das Original gesehen habe; und ein Grund, der mich früher zu dir führte, als ich dachte, war, die Kapelle zu erforschen, der wir uns jetzt nähern.«

»Was!, du sahst die Gräfin Mircalla!«, rief mein Vater aus. »Sie ist doch über hundert Jahre tot!«

»Nicht so tot, wie du annimmst«, erwiderte der General.

»Ich muss gestehen, du verwirrst mich«, sagte mein Vater, und in seinem Blick war, wie mir schien, wieder dieses Misstrauen, das ich früher schon an ihm bemerkt. Doch mochte den General zuweilen auch Zorn und Abscheu packen, war an seinem Verhalten doch nichts Närrisches.

»Mir bleibt«, so sagte er, als wir unter dem mächtigen Torbogen der gotischen Kirche hindurchschritten, »nur eines noch zu tun in diesen wenigen Jahren, die mir auf Erden beschieden sein mögen – jene Rache an ihr zu üben, deren, Gott sei Dank, ein sterblicher Arm noch fähig ist.«

»Was sollte das für eine Rache sein?«, fragte mein Vater voll Verblüffung.

»Ich gedenke das Ungeheuer zu enthaupten«, erwiderte der General mit grimmiger Miene. Er stampfte dabei auf, dass dumpf ein Echo in der düsteren Ruine widerhallte, und hob die Hand, als halte er den Griff einer Axt umklammert, und schüttelte sie wütend.

»Was!«, rief mein Vater noch bestürzter.

»Den Kopf will ich ihr abschlagen!«

»Den Kopf!«

»Jawohl, mit einem Beil, mit einem Spaten, mit irgendetwas, das die mörderische Kehle ihr zu spalten vermag«, erwiderte er zornbebend.

Der General rief nach dem Holzfäller, der ein paar Äste entfernt hatte, welche an die alten Mauern stießen; und der stämmige alte Mann trat uns entgegen, in der Hand die Axt.

Er wisse nichts über diese Bauten, erklärte er; doch ein alter Waldhüter, der sich gegenwärtig im Haus des Pfarrers, etwa zwei Meilen von hier, aufhalte, könne uns alles über die Grabstätten der Familie Karnstein sagen; für ein kleines Trinkgeld wolle er ihn gerne holen, und wenn wir ihm eines unserer Pferde liehen, könne er in wenig mehr als einer halben Stunde mit ihm hier sein.

»Arbeitest du schon lang in diesem Wald?«, fragte ihn mein Vater.

»Ich bin schon immer Holzfäller gewesen«, erwiderte er in seinem Dialekt. »Und vor mir war's mein Vater, und dessen Vater auch, seit vielen Generationen. Ich könnte euch das Haus unten im Dorf zeigen, in welchem meine Ahnen wohnten.«

»Warum ist dieses Dorf verlassen worden?«, fragte der General.

»Es wurde von Gespenstern heimgesucht; einige hat man bis zu ihrem Grab zurückverfolgt. Man hat sie mit den üblichen Proben aufgespürt und auf die übliche Weise umgebracht, durch Enthaupten, durch Pfählen und durch Verbrennen; doch erst als sie schon viele Leute aus dem Dorf getötet hatten.

Doch so viele Gräber auch geöffnet wurden«, fuhr er fort, »so viele Vampire man auch ihres grässlichen Lebens beraubte – das Dorf fand keine Ruhe. Als ein mährischer Edelmann, der – wie viele seiner Landsleute – in solchen Dingen erfahren war, zufällig durch diese Gegend reiste und davon erfuhr, erbot er sich, das Dorf von seinem Quälgeist zu befreien. Er tat dies so: Bei Nacht, als hell der Mond schien, stieg er auf den Turm dieser Kapelle, von wo aus er genau den Friedhof überblicken konnte; ihr könnt ihn dort von jenem Fenster sehen. Er hielt so lange Wache, bis er sah, dass der Vampir aus seinem Grabe stieg, die Leinentücher, in die er gehüllt war, daneben auf den Boden legte und auf das Dorf zuschlich.

Nachdem der Fremde alles dies gesehen, kam er herunter, nahm die Leinentücher des Vampirs und stieg mit ihnen wieder auf den Turm hinauf. Als der Vampir von seinem Streifzug wiederkehrte und sah, dass seine Tücher fort waren, schrie er wütend nach dem Mährer, den er auf dem Turm bemerkte, und dieser forderte ihn auf, heraufzusteigen und sie sich zu holen. Worauf der Vampir, seiner Einladung Folge leistend, den Turm erklomm.

Sobald er seine Zinnen erreichte, spaltete der Mährer ihm mit einem Streiche seines Degens den Schädel, und er stürzte auf den Friedhof, wohin der Fremde ihm rasch über die Treppe folgte. Er hieb ihm seinen Kopf ab und übergab ihn und den Körper am nächsten Tag den Dorfbewohnern, die ihn pfählten und verbrannten.

Dieser Edelmann aus Mähren erhielt damals vom Vorstand der Familie den Auftrag, das Grab Mircallas, der Gräfin Karnstein, zu zerstören, was er auch tat, so dass man seine Lage bald vergaß.«

»Kannst du uns zeigen, wo es lag?«, fragte der General voll Ungeduld.

Der Forstmann schüttelte den Kopf.

»Das weiß keine Menschenseele«, sagte er. »Und überdies: Man sagt zwar, ihre Leiche wurde fortgeschafft; doch niemand ist sich dessen sicher.«

Nach diesen Worten warf er seine Axt zu Boden und entfernte sich, und der General fuhr fort, uns seine seltsame Geschichte zu erzählen.

Die Begegnung

Mein geliebtes Kind«, so hub er wieder an, »verfiel nun schnell. Der Arzt, der sie behandelte, hatte keine Ahnung, an welcher Krankheit sie wohl litt, doch eine solche konnte es nur sein. Ich bestellte einen fähigeren Arzt aus Graz. Es vergingen mehrere Tage, bis er kam. Nach Untersuchung meines armen Mündels zogen die beiden sich zur Beratung in die Bibliothek zurück. Ich hörte, in einem Nebenzimmer ihres Urteils harrend, wie die zwei Herren ihre Stimmen erhoben, in einer Diskussion, die schärfer schien als jeder philosophische Disput.

Ich klopfte an die Tür und trat ein. Der alte Arzt aus Graz entwickelte soeben seine Theorie. Sein Rivale lauschte mit spöttischem Gesicht und brach in unverhohlenes Lachen aus. Bei meinem Eintritt schwiegen beide plötzlich.

›Mein Herr‹, sagte der Erste, ›mein gelehrter Kollege scheint zu glauben, Sie brauchten einen Zauberer, keinen Doktor.‹

›Gestatten Sie‹, sagte der alte Arzt aus Graz mit böser Miene, ›dass ich ein andermal meine Meinung zu diesem Fall darlege. Ich fürchte sehr, Herr General, mit meiner Wissenschaft und meinen Fähigkeiten kann ich hier wenig nützen. Bevor ich mich empfehle, möchte ich Ihnen jedoch noch einen Vorschlag unterbreiten.‹

Tief in Gedanken, schien es, setzte er sich an den Tisch und fing zu schreiben an. Enttäuscht verbeugte ich mich, und als ich mich entfernen wollte, deutete der andere Doktor über die Schulter auf seinen schreibenden Kollegen und tippte sich dann achselzuckend an die Stirn.

Diese Konsultation, so schien es, half mir nicht einen Schritt weiter. Ich ging verzweifelt in den Garten. Nach zehn oder fünfzehn Minuten kam der Arzt aus Graz mir nach. Er bat mich um Verzeihung, dass er mir gefolgt war, doch er könne nicht mit gutem Gewissen fortgehen, ohne noch ein paar Worte an mich zu richten. Er sagte mir, dass ich mich nicht geirrt hätte; keine natürliche Krankheit zeige dergleichen Symptome, und der Tod sei schon sehr nahe. Sie werde jedoch noch ein, zwei Tage am Leben sein. Wenn es gelänge, sie dem tödlichen Anfall zu entreißen, dann werde sie bei guter und geschickter Pflege vielleicht wieder zu Kräften kommen. Doch alles hinge jetzt an einem seidenen Faden. Ein neuerlicher Anfall könne den letzten Funken Lebens, der bereits am Verglimmen sei, ersticken.

›Und welcher Art ist dieser Anfall, von dem Sie sprechen?‹, fragte ich.

›Ich habe alles ausführlich in diesem Brief erklärt, den ich in Ihre Hände lege, unter der ausdrücklichen Bedingung, dass Sie sogleich den nächsten Priester kommen lassen und meinen Brief in seinem Beisein öffnen und ihn bestimmt nicht lesen, bevor er da ist; Sie würden ihn sonst in den Wind schlagen, und es geht um Leben und Tod. Sollte der Priester nicht erscheinen, dann mögen Sie ihn lesen.‹

Der Priester war nicht zu erreichen, und so las ich ihn allein. Zu jeder andern Zeit, in jedem andern Fall hätte er meine Spottlust gereizt. Doch bei welch lächerlichen Quacksalbereien sucht man doch nicht Zuflucht, um eine letzte Hoffnung zu erhaschen, wenn alle altgewohnten Mittel versagt haben und das Leben eines geliebten Menschen auf dem Spiele steht?

Nichts, werdet ihr sagen, kann absurder sein als dieses gelehrten Mannes Brief. Er war verrückt genug, ihn reif fürs Irrenhaus zu nennen. Er sagte, die Ursache des Leidens meiner Nichte sei ein Vampir!

Die Punkte, die an ihrer Kehle aufgetreten seien, rührten von jenen zwei langen, dünnen, spitzen Zähnen, die, wie bekannt, Vampiren eigen wären; und auch die Herkunft des kleinen blauen Mals gestatte keinen Zweifel – es stamme von Dämonenlippen, und auch die übrigen von der Leidenden beschriebenen Symptome glichen jenen, die man in allen andern Fällen ähnlicher Natur verzeichnet habe.

Da ich nun an die Existenz solcher Vampire durchaus nicht glaubte, war diese Theorie des guten Doktors für mich nur wieder ein Beweis dafür, wie Klugheit und Gelehrsamkeit sich auf das Seltsamste mit einer kranken Phantasie verbinden können. Ich war jedoch so tief verzweifelt, dass ich, statt gar nichts zu versuchen, den in dem Brief enthaltenen Rat befolgte.

Ich verbarg mich in dem dunklen Ankleideraum neben dem Zimmer meiner armen Nichte, in dem ein Talglicht brannte, und wartete, bis sie tief schlief. Dann trat ich an die Tür und schaute, während mein Degen neben mir auf einem Tisch lag, wie mir der Arzt geraten hatte, durch den schmalen Spalt, bis ich kurz nach ein Uhr ein großes, schwarzes ungeschlachtes Wesen zum Fuß des Bettes kriechen sah. Es sprang hinauf und klammerte sich an des armen Mädchens Kehle, wo es sogleich zu einer riesenhaften schwarzen Masse anschwoll.

Ein paar Sekunden stand ich wie erstarrt. Dann sprang ich vor, den Degen in der Hand. Das schwarze Wesen zog sich zum Fußende des Betts zurück, glitt hinab, und ich sah dort, den lauernd wilden Blick auf mich gerichtet, Millarca stehen. Ohne mich zu besinnen, hieb ich mit dem Säbel auf sie ein, doch plötzlich stand sie unversehrt nahe der Tür. Entsetzt sprang ich ihr nach und hieb erneut zu. Doch sie war fort!, und ich traf nur die Tür mit meinem Degen.

Ich kann unmöglich alles schildern, was in dieser Schreckensnacht geschah. Alles war auf den Beinen, das Schloss glich einem Wespennest. Millarca war verschwunden. Doch ihr Opfer welkte rasch dahin, und vor dem Morgengrauen noch war meine Nichte tot.«

Der alte General war außer sich. Wir schwiegen. Mein Vater entfernte sich ein Stück und machte sich daran, die Namen auf den Gräbern zu studieren; dann trat er durch die Tür des Seitenschiffes der Kapelle, um seine Suche fortzusetzen. Der General lehnte sich an die Mauer, trocknete seine Augen und seufzte tief. Ich war erleichtert, als ich plötzlich die Stimmen von Carmilla und Madame vernahm, die sich uns näherten. Doch gleich darauf verstummten ihre Stimmen wieder.

In dieser Einsamkeit, nach Anhören einer solchen seltsamen Geschichte, die, wie es schien, verknüpft war mit den adeligen Toten, die unter dem Staub und Efeu um uns moderten, und deren Einzelheiten auf so geheimnisvolle Weise der meinen ähnelte – an diesem unheimlichen Ort, beschattet von den dichten, hohen Bäumen, welche die stummen Mauern überragten, die ihn allseits umgaben –, beschlich mich ein Gefühl des Grauens, und mein Herz sank, als ich erkannte, dass meine beiden Freundinnen nun doch nicht kamen, um mich aus dieser tristen, fatalen Lage zu erlösen.

Der alte General blickte zu Boden, sich mit der Hand auf ein verfallenes Grabmal stützend.

Da sah ich unter einem schmalen, überwölbten Tor, umgeben von dämonischen Figuren, wie in der Gotik sie so reich grausiger und frivoler Phantasie entsprangen, zu meiner Freude Carmillas liebliche Gestalt ins Dunkel der Kapelle treten.

Ich wollte eben mich erheben und nickte lächelnd, um ihr freundschaftliches Lächeln zu erwidern, als mit einem Schrei der alte Mann an meiner Seite die Axt des Holzfällers ergriff und vorsprang. Als sie ihn sah, verzerrten ihre Züge sich auf unmenschliche Weise und sie machte einen zagen

Schritt zurück. Bevor ich noch aufschreien konnte, hieb er schon auf sie ein, doch sie entwich ihm unversehrt und packte ihn am Handgelenk. Er riss sich los, doch dabei fiel die Axt aus seiner Hand, und just in diesem Augenblick verschwand das Mädchen.

Taumelnd sank er an die Mauer. Sein graues Haar stand ihm zu Berge, und sein Gesicht war totenblass und schweißbedeckt.

Dies alles dauerte nur wenige Sekunden. Das Erste, woran ich mich danach erinnere, ist, dass Madame Perrodon vor mir stand und ungeduldig immer wieder die Frage stellte: »Wo ist Mademoiselle Carmilla?«

Ich stammelte: »Ich weiß nicht – sie ist vor einer oder zwei Minuten dort hinausgegangen«, und dabei deutete ich auf die Tür, durch die Madame soeben eingetreten war.

»Aber ich stand doch die ganze Zeit, seit Mademoiselle Carmilla eintrat, im Gang dahinter, und sie ist nicht zurückgekommen.«

Sie rief »Carmilla!« in jede Tür und jeden Gang und aus den Fenstern, doch es kam keine Antwort.

»Sie hat Carmilla sich genannt?«, fragte der General, noch immer außer Atem.

»Carmilla, ja«, gab ich zur Antwort.

»Das ist Millarca«, rief er. »Es ist die Gleiche, die

vor langer Zeit Mircalla, Gräfin Karnstein, hieß. Rasch, fliehe diesen unheilvollen Ort, mein armes Kind – fliehe, so schnell du kannst. Fahre zum Haus des Pfarrers, verbirg dich dort, bis wir dich holen. Spute dich! Du wirst Carmilla nie mehr wiedersehn.«

Urteil und Hinrichtung

Während er dies sprach, kam zu der Tür, durch die Carmilla eingetreten und verschwunden war, ein Mann herein, der äußerst seltsam aussah. Er war groß, schmalbrüstig und gebeugt, mit hohen Schultern, und in Schwarz gekleidet. Sein Gesicht war braun und hatte tiefe Furchen, und auf dem Kopfe trug er einen wunderlich geformten Hut mit breiter Krempe. Sein graues Haar hing ihm bis auf die Schultern. Er trug in Gold gefasste Augengläser und ging ganz langsam, seltsam schwankend, und sein Gesicht, das bald zum Himmel blickte, bald zum Boden, schien ewiglich zu lächeln; er schwang die langen dünnen Arme, und seine dürren Hände in ihren viel zu weiten schwarzen Handschuhen gestikulierten in der Luft herum.

»Sind Sie es wirklich?«, rief der General und ging mit deutlicher Erleichterung ihm entgegen. »Lieber Baron, wie glücklich bin ich, Sie zu sehen; ich wagte nicht zu hoffen, Sie schon jetzt zu treffen.«

Er winkte meinem Vater, der soeben eintrat, und führte diesen grotesken alten Herrn, den er Baron genannt, zu ihm. Der Fremde zog ein eingerolltes Dokument aus seiner Tasche und breitete es neben sich auf einem Grabstein aus. Er hatte einen Federkasten in der Hand, mit welchem er auf dem Papier, das ich für einen Plan dieser Kapelle hielt, imaginäre Linien zog. Dazu las er zuweilen aus einem kleinen schmutzigen Buch vor, dessen gelbe Seiten dicht beschrieben waren.

Sie schlenderten gemeinsam, ins Gespräch vertieft, das Seitenschiff hinunter; dann begannen sie es mit Schritten auszumessen und traten endlich an die Seitenwand, die sie mit großer Sorgfalt untersuchten. Sie rissen rasch den Efeu weg, der daran wucherte, und klopften mit den Enden ihrer Stöcke die Mauer ab, an manchen Stellen den Verputz herunterkratzend. Endlich stießen sie auf eine breite Marmorplatte mit eingravierten Lettern.

Bald kam der alte Holzfäller zurück, und mit seiner Hilfe gelang es ihnen, eine Grabschrift und ein Wappen freizulegen. Es war die langvergessene Grabstatt von Mircalla, der Gräfin Karnstein.

Der alte General, obgleich, wie ich befürchte, nicht in der rechten Stimmung, hob Hände und Blick zum Himmel auf und schien ein stummes Dankgebet emporzusenden.

»Morgen«, so hörte ich ihn sagen, »wird der Kommissionär eintreffen und dem Gesetz entsprechend die Untersuchung durchführen.«

Dann wandte er sich zu dem Alten mit der goldenen Brille und sagte, warm ihm beide Hände drückend:

»Baron, wie kann ich Ihnen danken? Wir stehen alle tief in Ihrer Schuld. Nun wird man diese Gegend von einer Plage erlösen können, die ihre Bewohner seit über hundert Jahren peinigte. Der grauenvolle Feind ist, Gott sei Dank, nun endlich aufgespürt.«

Mein Vater und der Fremde entfernten sich ein Stück, gefolgt vom General. Ich wusste, dass mein Vater ihm von mir erzählen wollte, und als sie miteinander sprachen, streiften mich oft ihre Blicke.

Mein Vater trat zu mir, bedeckte mein Gesicht mit Küssen und sagte, mich aus der Kapelle führend:

»Es ist nun Zeit, aufs Schloss zurückzukehren, doch vorher wollen wir noch zu dem guten Priester gehen, der nur ein kleines Stück von hier entfernt wohnt, und ihn bitten, uns zu begleiten.«

Der Priester zeigte sich bereit, mit uns zu kommen; und ich, zutiefst erschöpft, war froh, als wir das Schloss erreichten. Doch meine Freude schlug bald in Bestürzung um, als man mir sagte, dass man nicht wisse, wo Carmilla sei. Man versagte mir, mich über jene Szene aufzuklären, deren Zeuge in der Kapelle ich gewesen war, und mir war klar, es musste ein Geheimnis sein, das mein Vater mir noch nicht enthüllen mochte.

Carmillas seltsames Verschwinden ließ mir jene Szene noch schrecklicher erscheinen. Die Vorbereitungen, die für diese Nacht getroffen wurden, erstaunten mich. Zwei Diener und Madame sollten bei mir im Zimmer sitzen, mein Vater wollte mit dem Priester im Nebenzimmer wachen.

Der Priester zelebrierte am Abend sonderbare Riten, deren Sinn und Zweck mir ebenso verborgen blieben wie der Grund für diese Schritte, die man unternahm, um mich im Schlaf zu schützen.

Nach wenigen Tagen sah ich alles klar. Carmillas plötzlichem Verschwinden folgte das Ende meiner nächtlichen Leiden.

Sie haben sicher schon von jenem grauenhaften Aberglauben gehört, der in der Steiermark, in Mähren, Schlesien, in Türkisch-Serbien, in Polen und auch in Russland herrscht; dem Aberglauben, wie wir ihn zu nennen pflegen, vom Vampir.

Wenn Augenzeugenaussagen, abgelegt mit Ernst und Überlegung vor nicht zu zählenden Kommissionen, deren jede aus vielen Mitgliedern besteht, die ihrer Unbestechlichkeit und Klugheit wegen ausgewählt, sowie Berichte, die vielleicht mehr Bände füllen als jene über irgendwelche andern Fälle, nicht gänzlich wertlos sind, so fällt es schwer, die Existenz solch eines Phänomens wie des Vampirs zu leugnen oder auch nur anzuzweifeln.

Ich jedenfalls weiß keine Theorie, die für das, was ich gesehen und erlebt, mir bessere Erklärung bietet als dieser alte, wohlbezeugte Glaube.

Am nächsten Tag fand in der Kapelle des Schlosses Karnstein die offizielle Untersuchung statt. Man öffnete Mircallas Grab, und mein Vater wie der General erkannten an dem Gesicht, das nun den Blicken freigegeben war, den schauderhaften, schönen Gast. Die Züge waren trotz der hundertfünfzig Jahre seit der Bestattung von Lebensglut erfüllt. Ihre Augen waren offen, und keine Leichendüfte stiegen aus dem Sarg. Die beiden Ärzte, die die Kommission hinzuzog, bezeugten den wundersamen Umstand, dass eine leise, doch deutlich wahrnehmbare Atmung festzustellen war und eine ebensolche Tätigkeit des Herzens. Die Glieder waren weich und biegsam, das Fleisch elastisch und der Sarg mit Blut gefüllt, in dem in einer Tiefe von sieben Zoll der Leichnam schwamm. So lagen alle anerkannten Beweise und Zeichen des Vampirismus vor. Man hob deshalb, dem alten Brauch entsprechend, die Leiche aus dem Sarg und trieb ihr einen spitzen Pfahl durchs Herz, wobei sie einen schrillen Schrei von sich gab, wie er auch einem Lebenden in letzter Agonie entfahren mag. Dann schlug man ihr den Kopf ab, und ein Strom von Blut entquoll dem durchgetrennten Hals. Man legte Kopf und Körper sodann auf einen Holzstoß und verbrannte sie zu Asche, die in den Fluss gestreut und von dem Wasser fortgetragen wurde, und nie mehr suchten diese Gegend seither Vampire heim.

Eine Kopie vom Protokoll der Kaiserlichen Kommission ist im Besitze meines Vaters; sie trägt die Unterschriften aller, die an der Untersuchung teilgenommen. Diesem offiziellen Dokument entnahm ich alle Einzelheiten dieser letzten grauenhaften Szene.

Schluss

Man mag vermuten, ich schriebe alles dies in Ruhe und Gelassenheit. Doch ich bin weit davon entfernt; ich kann nicht daran denken, ohne tief bewegt zu sein. Nur dringendes, so oft geäußertes Verlangen hat mich dazu gebracht, mich einer Aufgabe zu widmen, die Monate an meinen Nerven zehrte und einen Schatten des unsagbaren Grauens erneut auf meine Seele warf, das viele Jahre noch nach meiner Rettung mich Tag und Nacht erfüllte und jegliches Alleinsein mir zum Schrecknis machte.

Ein Wort will ich noch sagen über jenen wunderlichen Baron Vordenburg, dessen Wissen wir die Entdeckung von Mircallas Grab verdankten.

Er wohnte seinerzeit in Graz, wo er sich, karg von einer kleinen Rente lebend, die ihm als Einziges von dem einst fürstlichen Besitz seiner Familie in der Obersteiermark geblieben war, der mühevollen und genauen Untersuchung der auf so eindrucksvolle Weise verbürgten Tradition des Vampirismus widmete. Er hatte all die kleinen und großen Werke über diesen Gegenstand in seiner Bibliothek: *Magia Posthuma*, Phlegons *De Rebus Mirabilibus*, Augustinus' *De Cura pro Mortuis*, *Philosophicae et Christianae Cogitationes de Vampiris* von John Christofer Herenberg; und tausend andere, von denen ich mich nur weniger, die er meinem Vater lieh, entsinnen kann. Er besaß auch eine umfangreiche Sammlung von Protokollen, aus denen er die Merkmale, an denen man Vampire erkennen kann, zusammenstellte. Ich darf wohl nebenbei erwähnen, dass die tödliche Blässe, die dieser Art von Geistern eigen sein soll, pure melodramatische Erfindung ist. Sie scheinen, sowohl in ihrem Grabe wie auch dann, wenn sie sich Menschen zeigen, von blühender Gesundheit. Öffnet man ihre Särge, dann bieten sie all die Symptome dar, die auch im Fall der lange toten Gräfin Karnstein bewiesen, dass sie ein vampiröses Leben führte.

Auf welche Weise sie täglich zu gewissen Stunden aus ihren Gräbern steigen und in sie zurückkehren, ohne die Erde aufzuwühlen und ohne den Zustand ihres Sarges oder Leichenhemdes zu verändern, scheint bis heute völlig unerklärlich. Die Doppelexistenz ist dem Vampir nur möglich, wenn er an jedem Tage in sein Grab zurückkehrt, um zu schlummern. Seine horrende Gier nach lebensfrischem Blut ist damit zu erklären, dass dieses ihm die Kraft verleiht, auf Erden zu wandeln. Vampire neigen leicht dazu, einer echter Liebe durchaus ähnlichen und ebenso verzehrenden Leidenschaft zu einzelnen Personen zu verfallen. Um diese zu gewinnen, üben sie unendliche Geduld und manche Listen. Sie lassen nie von ihrem Opfer ab, bevor sie ihre Leidenschaft nicht befriedigt und sich an seinem Blut gesättigt haben. Stets pflegen sie in diesen Fällen, ihre mörderische Lust mit epikureerhafter Raffinesse hinauszuzögern und sie zu erhöhen, indem sie dem betreffenden Objekt sich langsam nähern und es auf schlaue Art umwerben. Auch scheinen sie in solchen Fällen Sehnsucht nach Sympathie und Zuneigung zu zeigen. Gewöhnlich aber nähern sie sich ihrem Opfer ohne Zögern und überwältigen es mit Gewalt, erwürgen es und saugen ihm sein Blut auf einmal aus.

Offenbar sind die Vampire in bestimmten Situationen besonderen Bedingungen unterworfen. In jenem Fall, den ich berichtet habe, schien Mircalla gebunden an einen Namen, der von ihrem echten, wie man sagt, anagrammatisch abgewandelt war und aus den gleichen Buchstaben bestand: *Carmilla.*

Baron Vordenburg blieb nach Carmillas Austreibung drei Wochen unser Gast. Mein Vater erzählte ihm von jenem mährischen Edelmann und dem Vampir auf dem Karnsteiner Friedhof und fragte sodann den Baron, wie er die genaue Lage des langverborgenen Grabes von Mircalla herausgefunden habe. Die wunderlichen Züge des Barons verzogen sich zu einem rätselhaften Lächeln; dann blickte er, noch immer lächelnd, auf sein verschlissenes Brillenetui und fingerte daran herum. Endlich hob er den Kopf und sagte:

»Ich besitze mancherlei Traktate, die dieser einzigartige Mann geschrieben hat; das seltsamste davon ist ein Bericht, in dem er den Besuch in Karnstein schildert, von dem Sie mir erzählten. Man kann ihn einen mährischen Edelmann nennen, denn er hatte seinen Wohnsitz in dieses Land verlegt, und adlig war er auch. Doch er war aus der Obersteiermark gebürtig. Es mag genügen, wenn ich sage, dass er in seiner frühen Jugend Mircalla, Gräfin Karnstein, leidenschaftlich liebte. Ihr früher Tod hat ihn in tiefen Gram gestürzt. Es liegt im Wesen der Vampire, sich ständig zu vermehren, nach abscheulichen Gesetzen.

Angenommen, eine Gegend ist völlig frei von dieser Pest. Wo kommt sie her, wie breitet sie sich aus? Ich will es Ihnen sagen. Ein Mensch, mehr oder minder böse, gibt sich selbst den Tod. Selbstmörder werden häufig zu Vampiren. Dieser Geist sucht Lebende in ihrem Schlaf heim; sie sterben und verwandeln sich in ihrem Grabe in Vampire. So war es auch im Fall von Schön Mircalla, die eines dieser Ungeheuer überfiel. Mein Vorfahr, Vordenburg, des Titel ich noch heute trage, entdeckte dies und fand im Lauf der Studien, denen er sich widmete, noch mehr heraus.

Unter anderem kam er zu dem Schluss, dass man die tote Gräfin, die er so sehr geliebt, früher oder später fraglos des Vampirismus zeihen würde. Voll Grauen malte er sich aus, wie grässlich ihre Überreste geschändet werden würden, wenn man sie posthum exekutionierte. Er hinterließ ein sonderbares Dokument, in dem er nachweist, dass Vampire, aus ihrer Doppelexistenz verstoßen, ein noch weit schrecklicheres Leben führen müssen; und er beschloss, die einst so sehr geliebte Mircalla davor zu bewahren.

So legte er sich einen listigen Plan zurecht. Er machte eine Reise nach Karnstein, warf den Leuten einen anderen Leichnam vor und ließ das Grab zerstören. Als alter Mann, rückblickend auf sein Leben, erkannte er, was er getan, und Grausen packte ihn. Er fertigte die Zeichnung und die Notizen an, die mich zur richtigen Stelle führten, und legte ein schriftliches Geständnis der von ihm verübten Täuschung ab. Mag sein, dass er die Absicht hatte, selbst diese Sache gutzumachen, der Tod hat ihn daran gehindert; doch immerhin hat nun mein ferner Ahne, zu spät für viele freilich, uns den Weg gewiesen zur Höhle der blutsaugerischen Bestie.«

Wir sprachen noch ein wenig, und unter andern Dingen, die er sagte, war dies:

»Ein Merkmal des Vampirs ist seine starke Hand. Die zarte Hand Carmillas schloss einem Schraubstock gleich sich um das Handgelenk des Generals, als er die Hacke hob. Doch diese Kraft der Hand ist nicht auf ihren Griff beschränkt; das so berührte Glied packt eine Lähmung, welche nur langsam, oft auch gar nicht, schwindet.«

Im nächsten Frühjahr brach mein Vater mit mir zu einer Reise nach Italien auf. Wir kehrten erst nach über einem Jahr zurück. Es dauerte sehr lange, bis ich das Grauen überwand; noch heute manchmal steigt Carmilla vor meinem geistigen Auge auf – zuweilen als das heitere, müde, schöne Mädchen; zuweilen als die fürchterliche Furie, die ich in der Kapelle sah; und oft, wenn ich aus einem Traum auffahre, ist mir, als hörte ich den leisen Schritt Carmillas vor der Zimmertür.